JN178007

集英社オレンジ文庫

どうか、天国に届きませんように

長谷川　夕

本書は書き下ろしです。

どうか、天国に届きませんように

contents

イラスト／くろのくろ

黒い糸

「黒い糸」というものがあります。

ただふつうの「黒色の糸」ではありません。もっと特殊なものです。

僕が初めてその存在を知ったのは、まだ何も知らない子供のころ。小学校二年生だったので、八歳のときでした。二十年ほど前のことです。


たとえば、幽霊にまつわる心霊ものや超能力などの超常現象、怪奇、背筋がぞっとする都市伝説――そういった、自然由来ではない不可思議な出来事に皆が魅入られて熱狂した時代がありました。

不可思議な体験談をもとに、現地へ赴《おもむ》いたり、コメンテーターが論じたりする番組の人気が最盛期だった時代にちょうどよく子供時代が重なった僕は、ご多分に漏《も》れず、その渦中で楽しんでいました。

深夜に放送される番組を布団に包《くる》まって熱心に観ては、翌朝小学校へ登校するなり、クラスメートと大いに盛り上がりました。どこかで新しい情報を仕入れては、周囲に言いふらし、番組よろしく議論しました。

オカルトは多岐《たき》にわたります。エイリアンや未確認飛行物体などの地球外生命体もいれば、伝説上の生き物であるネッシーやビッグフット、幽霊や心霊写真、口裂け女などの都市伝説、妖怪……。

テレビや漫画、図鑑、小説、僕は不可思議な世界に魅力を感じ、少ない小遣いで書籍を買い漁《あさ》り、どっぷりと浸かりました。いつでも大空を仰いでUFOを探し、入ったことのない原っぱの草むらを掻《か》き分けて、ツチノコなる生き物を探しました。

幼い僕の目に映る世界はどこまでも大きく果てなく、極彩色でした。きらきらと眩《まぶ》しく、すべてが光輝いていました。

――この世界のどこかに、まだ誰も発見したことのない存在がいる。

なんとロマン溢《あふ》れることでしょう。

まだ見ぬ存在の第一発見者になる日を、僕は夢見ていました。根拠のない使命感に燃えていました。

僕がいちばんに見つけるんだ、と。

一

あれは、七月の初めでした。

月初というのは、小学校の図書室に新しい本が入荷される決まりです。本屋さんで見かけたけれど小学二年生の自分には金額的にどうにも手が届かなかった本を、僕は前の月のうちにリクエストしていました。超常現象について小学生向けにまとめた、図と文字で成《な》る本です。あの日、リクエストが無事承認された本が届き、リクエストした者の特権として、いちばんに借りることができたのです。

放課後、貸し出しの手続きを終えた本を今すぐ開きたい衝動に駆られながら、僕は帰路を急ぎました。

常ならば特別な出来事を見逃さないよう周囲に目を凝《こ》らしながら帰るところを早々と帰宅し、自分の部屋に入った瞬間、ランドセルを放り出して、本を読み耽《ふけ》りました。新しい書籍特有のにおいが、僕の精神を高揚させました。図書室の蔵書にあったオカルト関連の本をあらかた読みつくしていた僕は、新たなる情報を猛烈《もうれつ》に求めていました。表紙を捲《めく》る手は震え、時間も音も忘れ、一文字も逃さないよう読みました。

なかでも特に僕の心を射止めたのは、一九七四年の記事です。

あるひとりの超能力者によって行われたスプーン曲げ……それだけでも十分衝撃的でした。しかしながら、スプーン曲げはそこから大変な事態を起こすのです。スプーンを曲げている映像を見た子供たちが、これを真似します。そして大勢の子供たちが本当にスプーンを曲げてしまう……。ただ真似をしただけなのに一斉に曲がるなんて、そんなことがあるのでしょうか。つまり、超能力、念力の——感染？　穴があくほど、ページを見つめました。

僕の疑問には、きちんと答えが提示されていました。現象に対して懐疑的な意見も、きちんと書き添えられていたのです。無理矢理スプーンを曲げている、いわゆるペテンについても暴かれていました。今回の本は、オカルトを信じる一辺倒であったこれまでの書籍とは、一線を画していました。

そのとき、僕はまるで世界のすべてを知ったような感覚に襲われました。これまでは存在するとばかり信じきっていたものを、打ち砕かれたショックでした。

実は記事を読み始めたときに、僕は手元に、スプーンを持ってきていました。

そしてスプーンは、曲がらないのです。血管が切れそうなほど集中しても、スプーンの柄《え》をどれほど摩擦しても、祈っても祈ってもかないません。曲げてみたくてたまらず、打ちひしがれました。

広げた本の上に、僕はスプーンを放り出しました。そこには、ペテン師とされた子供が載っていました。曲げたくても曲がらない……。泣きたい気持ちがわかります。

つまり、特別なことは特別な人間にしかできないし、起こらないのです。

二

本を読み終えたとき、時刻はいつの間にか二十一時を回っていました。途中に摂《と》ったはずの食事の記憶も、お風呂に入った記憶もありません。

本の余韻《よいん》に浸《ひた》っていたものの、つい癖で、部屋にある小型のテレビをつけました。ほとんど無意識のうちにチャンネルを合わせ、するとまた、オカルト番組が放送されていました。

そういえば新聞のテレビ欄《らん》に、怪奇現象特集という文字を見かけたような気がします。けれどもリクエスト本のことで頭がいっぱいで、すっかり失念していました。

画面には「糸は本当に存在するのか?」というタイトルが出ていました。

番組はテーマに沿ったいくつかの話で構成されており、その最終話のようです。最後の話は、まったく別々の地域で生まれ育った男女の数奇な運命についてでした。

アメリカのカリフォルニア州で生まれた男性と日本で生まれた女性が、イギリスの貿易会社で職場結婚するのですが、ふたりが過去の思い出話をしていくと、だんだんと、たくさんの共通項があることが判明していくのです。

たとえば留学先がフランスで大学が同じだったこと。学生時代の旅行先と日程がまったく同じだったこと、幼いころに親の都合でメキシコシティにいて、住んでいた場所がほんの近所であったこと……。

世界を渡り歩いていた少年少女は大人になってから会社で偶然出会ったはずなのに、なぜか、幼いころの共通の知り合いが大勢いるのです。

そして極めつけが、お互いの母親が妊娠中に同じ飛行機に乗っていたことでした。それぞれの母親が、自分以外にもおなかの大きい妊婦がいたと記憶していたのです。

番組の最後にはすれ違いの末に結ばれたふたりについて、こう締めくくりました。

運命の赤い糸がふたりを結び、手繰《たぐ》り寄せたのだと。

赤い糸。

……正直なところ、僕はこの話にはさしたる興味を抱けませんでした。小学生女子ならばともかく、小学生男子にこの話をロマンティックと憧《あこが》れろというのは、些《いささ》か困難かと思います。

僕はテレビを消して、布団に潜りこみました。

上掛けを被った瞬間には赤い糸のことなど忘れ、スプーン曲げの世界で頭はいっぱいになっていました。曲がらなかった焦燥感《しょうそう》を思い出し、次はどうしたら成功するだろうかと、心のなかでスプーンを持つ想像をし、すると、明日こそはできる気がしました。

自分は特別なのだと信じたかったのかもしれません。

奇妙な夢を見たのは、その晩のことです。

三

それは、不思議な夢でした。

僕が学校へ向かっていると、目の前に糸が現れるのです。糸の色は、わかりません。白だった気もするし、赤だった気もします。透明だった感じもします。とにかくその糸は、しゅるしゅると僕の小指に優しく絡まりました。

絡まった糸に、僕は導かれていきます。

糸の先には、通学路の寄り道にしている原っぱがありました。夏には青々と草が伸びて、僕の背丈以上にもなる、ツチノコがいそうな草むらです。三方を廃屋に囲まれた一軒家分の空き地でした。草が伸び放題になっていて、奥行きのある広い場所です。

糸に引かれて、僕は草むらを掻き分けました。ずんずんと進んでいきました。

ツチノコがいました。土色と黄緑色が、まだら模様を織り成していました。一見、蛇が生餌《いきえ》を丸呑《の》みにしている風に見えますが、目を凝らすとちゃんとツチノコでした。首の括《くび》れから尾にかけてが異様に太く、ちろりと伸びた短い尾。

口裂け女も顔を覗《のぞ》かせました。雪のように真っ白な顔色で、布製の白いマスク。マスクでは覆《おお》いきれないほど、耳まで裂けた口角。鮮血の赤でした。

さらには、古びて黄ばんだ心霊写真が足元に落ちていました。

琥珀《こはく》色をした水晶髑髏《どくろ》や、ヴォイニッチ手稿。緑青《ろくしょう》まみれのギアなど、次々とオーパーツたちが見つかります。

振り仰ぐと、朱色に染まりきった空には円盤型をした金属色の飛行物体。きっとあれは、黒瑪瑙《めのう》のごとくつやつやと漆黒《しっこく》の瞳をぎらつかせたエイリアンが操縦しているのでしょう。

……夢だからといって、いくらなんでもてんこ盛りすぎです。

けれども空の朱色と、草の青緑に染まる世界に、僕が追い求めたものたちが隠れてこちらをちらちらと気にしている様子は、この時間が永遠に続けばいいのにと思うほど、魅惑的でした。

しかし足を止めてそれらに陶酔《とうすい》している場合ではありませんでした。小指に絡まった糸が引くのです。糸は、草むらをさらに縫《ぬ》っていきます。

やがて、辿り着いた場所には——。

曲がったスプーンが、落ちていました。

金属の柄のところには糸が結ばれていて、僕の指に絡まった糸と、繋《つな》がっているのです。


夢は、そこで、呆気《あっけ》なく終わりました。


翌朝——登校する準備をしながら、僕は昨夜見た夢を思い出しました。

柄がぐにゃりとねじれた、銀色のスプーン……。

なんだか、馬鹿にされている気分でした。

どこかで起きている不可思議な現象と僕とを、糸が繋げている……という夢かもしれませんが……。

昨夜読み耽った本と、観た番組の内容が合わさって、眠っているあいだに脳内で情報を整理した結果、こんながらがった夢を見たのでしょう。

それにしたって無茶苦茶です。

からかわれているようでやるせなく、すべてが下らなく感じられてきてがっかりした僕は、借りたばかりの本をランドセルへ乱暴に放り込んでしまいました。

ページの中央あたりには、小さな紙切れが挟まっています。借りる際に挟まれる感熱紙で、返却期限として一週間後の日付が印字されています。常であれば期間いっぱい本を借りておいて、何度も何度も読みこみ、テキストのすべてを暗記します。

しかし今回、そんな気になれませんでした。僕はひとつの真理に行き当たり、諦念《ていねん》を抱いてしまっていたのです。

（所詮《しょせん》、特別なことは、選ばれた人間にしか起こらないんだ）

変にひねくれてくさったというのではなく、普遍的な事実をやっと受け入れられた、というあっさりした感覚でした。

自分という存在は、なんの変哲もない凡人であると。

四

赤い糸というのは、実在するのだろうか。

そう思ったのは、小学校の教室でした。

たとえば同じ教室のなか。クラスメートで、どこかお互いを気にしあっている男女がいました。注視していると、何かがあったときにふと視線を合わせているのです。また、交際していると噂《うわさ》のある教師がふたりいたので、彼らの指を見つめてみました。

ふたりのあいだには、赤い糸があるのでしょうか?

ロマンティックさを求めたというのではなく、単なる好奇心で、そう考えたのです。

僕の目には赤い糸は見えません。

その日は家庭科の授業があったため、裁縫《さいほう》箱のなかを、僕は眺めました。重箱くらいの大きさの裁縫箱の蓋《ふた》を開け、糸を探します。刺繡《ししゅう》の授業があるときだけ使うカラーの糸の他、白い糸と黒い糸、ミシン糸。カラーの糸はほどけると面倒臭そうだったので、ボビンに巻かれた黒い糸を取りました。

ちょうどチャイムが鳴って、僕はボビンをポケットのなかに入れてしまったのでしょう。

それに気がついたのは、帰り道のことです。

帰り道。

僕はいつもの癖で、「何か不可思議な出来事が落ちてやしないだろうか」と、目を凝らして通学路を歩いていました。

電信柱の陰に奇妙なひとが佇《たたず》んではいないか、異世界に通じている抜け穴がこちらを誘っていないか、空は不気味な色をしていないか——そんなことを考えながら、歩くのです。けれども、電信柱には犬の小便がかけられているのが関の山で、抜け穴はあいておらず、夏空はからりと晴れていました。太陽が眩しく照りつけ、ぬるい風が吹いて、蝉《せみ》が大合唱をし、道端の草は昨日よりもずいぶんと伸び、アスファルトの焦げたにおいが漂っています。

どれもが平凡で、いつもと同じでした。

そのとき、ふと自分の着ている服から何かが出ていると気づきました。

（糸？）

活発に運動をする性分でないにしろ、あちこちに潜りこんだり、草むらを掻き分けることも多々ある僕は、服をどこかに引っ掛けることもままありました。きっとまたどこかで袖《そで》なりを引っ掛けて、ほつれてしまったのでしょう。

お母さんに叱られるなあとぼんやり考えながら、僕はほつれの原因を検《あらた》めました。半袖のシャツのどこかから、黒い糸が長く出ているのですが……。

（……黒？）

すぐに「変だな」と思い至りました。シャツは黄色でズボンは青く、黒い要素などまったく見当たりません。いったいどこに使われている黒だというのでしょうか。

破れているところも見当たりません。

ただ、長い糸が出ているのです。

僕はポケットを探り、小さく硬いものに触れました。

（あ、ボビン）

そういえば今日は家庭科の授業があり、黒い糸の巻かれたそれをとりました。ポケットに入れた記憶が蘇《よみがえ》ります。返しておくのを忘れてしまったのです。

ボビンを手にした僕は、ふたたび奇妙さに気づきました。長く出た糸がぴんと張って、道の先に続いているのです。

「おかしいこと」の始まりでした。

もしや、これは夢の続きなのでしょうか。

辿っていけば、スプーンが？

そんなまさか。

ボビンから伸びた糸を気づかないうちに道に落とし続けていた、とは考えづらいものがありました。なにしろこの糸は、まるで僕を誘うように、強く引いているのです。

僕は、アメリカ人男性と日本人女性を繋げたという運命の赤い糸を想起しました。特別なひとにしか起こらないはずの事象が、いま僕の身に起こっているのか、どうか。

糸の先を確かめればわかるでしょう。

僕は糸が強く引いてくるに任せ、早足で歩きました。夢よりもずっと、強く引かれました。あのときの糸は優しく絡まっていたはずなのに、いつの間にか指が千切れそうになるほど、雁字搦《がんじがら》めに絡まっていました。小指でした。本当に千切れてしまいそうなほど、強い力でした。

「待ってよ」

思わず誰ともなしにそう言っても、ぐいぐいと引いてきます。

道の先はいつもの原っぱでした。夢で見ました。ツチノコがいるかもしれません。口裂け女も出るかもしれませんし、オーパーツが転がっているかもしれません。

草むらに辿り着いたとき、僕は半ば駆けていて、肩で息をしていました。

黒い糸は草むらのなかに伸び、僕は痛みを堪《こら》えながら草を掻き分けました。同時に興奮がわきあがり、止まりませんでした。気持ちは、スプーンを曲げた超能力者でした。

何かが起こるまで、あと少し！

しかし黒い糸は急に方向を変えました。

草むらを過ぎて、隣の廃屋へと繋がっていくのです。

(あれ?)

いったい、どこへ繋がっているのでしょうか。

糸は、廃屋の塀をこえました。

廃屋は古い木造です。勝手口の南京錠《なんきんじょう》を外そうとしたところ簡単に壊れました。勝手口だけでなくあちこちが壊れて危険でした。糸は危険など顧《かえり》みず、奥へ続いています。まるで屋内へ誘導されているようです。木戸の隙間《すきま》に入り込んだ糸は、痛いほど僕を引きます。まるで叫び声をあげて、呼んでいるようでした。

建物のなかに入りました。床は腐《くさ》って抜けそうでした。ゆっくりと進みます。周辺は不気味なほど静寂《せいじゃく》でした。指が千切れそうで痛いと思っても、誰かを呼ぼうにも誰にも届きそうにありませんでした。天井も壊れていて、砂が落ちてきていました。外からの見かけより、内側のほうがずっと傷んでいました。

壮絶な臭気がこもっている場所まで、糸は続いていました。

廃屋の、窓からの光が届かないところに、服を着て寝転がっているひとを見つけたのは、そのときです。身動《みじろ》ぎもせず、じっとしている小柄な塊《かたまり》でした。

糸がそのひとの着ている黒い服から出ているのだから、辿っていった以上、見つけてしまうのは仕方ありません。まだ距離があるのに、なんという悪臭でしょうか。

黒い服を着ているように見えたのは、大量に群がる蝿《はえ》のせいでした。

五

警察が駆けつける騒ぎとなりました。

僕は黒い糸の存在を、誰にも言いませんでした。

まず、誰も信じないでしょう。

僕が慌てて外へ飛び出して大人を呼び、警察が駆けつけたときには、黒い糸などまるで最初からなかったかのように、掻き消えていたのですから、物証もありません。

調べによると、死体は廃屋の住人だった老女だそうです。別の施設で暮らしていたのですが、一週間以上前に施設から抜け出して行方不明になり、誰にも見つからぬまま自宅に戻ってきていたといった次第でした。

女性は、もう自分では身の回りのことはできませんし、家を出て行くときに電気も水道もガスも何もかも止めている以上、どれほど帰りたくて帰ってきたとしても、ここで生活はできません。聞こえてきたところによると、長く食事も摂っておらず、胃のなかは空っぽだったそうです。

自己放任の末に疲労と空腹を感じて横たわり、そのままお亡くなりになった、といった状況でした。

「どうしてあんなところに入り込んだんだ」

大人たちに叱責《しっせき》され、僕は「冒険をしていた」と答えました。「ほどほどにしなさい」と注意を受けると、それで終わりでした。ひとの噂も七十五日といいます。二カ月もすれば腐乱《ふらん》死体のことなど誰も話題にしませんでした。

発見者となったことは、学校でも口外しないようにと言われていたので、たとえ事件の翌朝、教室内がビッグニュースでもちきりだったとしても、僕は自分が第一発見者であるとは明かしませんでした。自慢したくてたまりませんでしたが、約束を破ることになります。それに、

――特別な出来事は、すべて秘密である。


これこそ、僕にとって、もっとも満足感を得られるものでした。

僕は、「何らか」に選ばれたのです。

黒い糸の存在を周囲に話せば、気味悪がられたり、興味本位での質問攻めに遭《あ》うでしょう。煩《わずら》わしいではありませんか。

秘密にしなければなりません。

誰にも言ってはなりません。


自分は凡人ではなく、特別な人間なのだから。

六

次に死体を見つけたのも、もちろん黒い糸に導かれてのことです。

最初に老女を見つけてから、半年ほど経過していました。夏は過ぎ、冬になっていました。十二月の終わり、年の暮れとなっていました。

夏から冬までの長いあいだ、黒い糸をまったく見かけなかった、というわけではありません。

老女の腐乱死体を発見した直後は、えげつないものを目に焼きつけてしまったと精神的に弱った部分がありました。だからしばらくは、黒い糸を見つけたり引っ張られたりしても、あえて見て見ぬふりをしたのです。

怖いものを見るだろう予感がありました。糸が赤色ではなく黒色であるという点でも、運命の恋人へ繋がっているとは考えられません。

見て見ぬふりをしたところ、黒い糸は千切れて、そのまますうっと消えていきました。まるで、じゃあこれ以上は呼びませんから……とでもいうように。

老女の際は指が千切れそうなほど呼ばれたのに、いやに諦《あきら》めが早いのはなぜなのでしょうか。糸の先に理由があるかもしれませんが、行かなかったため、わかりませんでした。

そうして、気持ちの上でほとぼりが冷めたころです。

僕はやっと自分を誘ってくる黒い糸を求めるようになりました。何かを見つけたい、という気持ちです。

いつの間にか現れる黒い糸。無視するのではなくはっきりと視認さえすれば、糸は僕をさらに引っ張るようになります。

その糸に、僕はついていきました。

下校途中の、雨天でした。しとしとと降る穏やかな冬の霧雨《きりさめ》です。

橋の下へ導かれて見つけたのは、二、三日前に小学校の飼育小屋から消えてしまった兎《うさぎ》でした。橋の下の暗渠《あんきょ》に白い塊があって、ひどい虐待を受けて死んでいたのです。可哀相《かわいそう》でしたが、通報するほどではありません。

しかし、そのままにされているのはいくらなんでも哀れです。僕は橋の下におりました。上流はもっと降水量があるらしく川は増水していますが、土手の土の掘り返しやすいところを見つけて、兎を穴に埋めてあげました。

そして家に帰り、僕は自室の布団に寝転がって、考えました。

兎を埋めたことです。

死んだ兎を埋めてあげたのは、きっと、とても思いやりのある行動だったでしょう。可哀相な兎。虐待されて死んでしまった兎。あの子は、安らかに眠ることができたでしょうか。きっと心穏やかでしょう。良いことをしたのです、僕は。

橋の下におりていくときに、いつしか跡形もなくなっていた黒い糸。

つまり黒い糸に繋がっているのは、哀れな魂《たましい》なのかもしれません。

きっと糸の先の「彼ら」は、「助けてほしい」と訴えているのです。

しかしすでに死んでしまっている以上、本当の意味で助けることはできません。けれどあの黒い糸を辿れば、心を救う役割を負うことはできます。

夏の日に見つけたあの老女も、相当苦しかったでしょう。僕が見つけて、きちんと供養《くよう》されたでしょう。

単にオカルトに憧れていたころに心に抱いていた使命感は、まったく根拠のないものでした。しかし今の僕は違います。

僕は救われない魂を、眠らせる一助となれるのです。

それこそが、選ばれた人間だけができる役目なのでしょう。

そして僕は、あの人間の「死体」に行き当たるのです。

七

兎の一件からというもの、僕は精力的に活動しました。僕に繋がってくる黒い糸のすべてには応えられませんが、できる限り応えました。

「早く見つけてくれ」

と言わんばかりに、僕は強く引かれました。見て見ぬふりをせず――つまり黒い糸の誘いを断らないようになると、糸が引く力は強さを増しました。小指が千切れそうになったこともしばしばで、怖い思いをしました。

辿り着いた場所で見つけるのは、大抵は動物の死骸《しがい》です。朽ちて危険な廃屋や狭い路地の路傍《ろぼう》など、ひとに見つかりづらいところで犬や猫を見つけるのです。

時折、名前や住所のついた首輪があるものもいたので、そういうときは飼い主に報《しら》せるようにしました。かといって、直接飼い主に話をするのは憚《はばか》られたので、首輪を外し、地図や手紙を郵便受けに入れておくのです。――迎えにいってあげてください。

きっと飼い主は、半信半疑ながらも地図の場所へ赴き、死んでしまったペットを見つけることでしょう。


そして、あの日――。


兎を見つけた日と同じ、霧雨でした。

糸を追ううち、町外れにある大きな屋敷の廃墟に、僕は辿り着きました。

二十年近くものあいだ放置されている広大な敷地を持つ空き家の存在を、僕は知っていました。立派な柵にぐるりと取り囲まれていますが、柵のところどころは錆《さ》びついて腐食し、子供ならば自由に出入りできる穴があいています。

柵をこえると草木がぼうぼうと生い茂っているのですが、そこを掻き分けると、やがて広い庭に出るのです。庭は平坦で、サッカーができそうなほどの広さがありました。そのため屋敷は、子供たちの遊び場になっていました。

建物に忍び入るのも容易でした。不法侵入という悪事を働いている意識はありませんでした。僕よりもずっと大きい、中学生や高校生のひとがここでたむろっているのも知っていました。危ないし、不良がいるから近づかないように、と先生から言われたことがあります。

僕は黒い糸に導かれるまま、誰もいない屋敷の一階を彷徨《さまよ》いました。

屋内は薄暗いのですが、窓からの採光によって、さほどの危険は感じません。長年放置されて、不良の溜まり場になっているにしては、きれいに片づけられていました。埃《ほこり》っぽさもなく、雨漏りもなく、極めて状態の良い廃墟でした。

黒い糸は、屋敷の端《はし》の大きな扉のなかに繋がっていましたが、僕は一瞬、入室するのを躊躇《ちゅうちょ》しました。

先客がいる気配がしたのです。

呻《うめ》き声もしました。

うう……という、獣《けもの》ともつかぬ唸《うな》りが、少しだけ開いた扉の隙間から漏れてくるのです。

僕は警戒し、足を止め、耳を澄《す》ませます。

しかし、糸は僕を引きます。

自らの身を守る武器さえ持たず、いつもどおりのこのこと来てしまいましたが、いつかは起こりうることだったのかもしれません。

仕方なく、僕は息を殺してそっと扉を開きました。

声を出さないよう気をつけました。むっと湿った嫌な空気が流れてきて、思わず鼻と口をおさえました。

以前老女を発見したときの感覚が蘇ります。「目撃者」となる覚悟をしました。

開いた扉の向こうは、カーテンのない広々とした部屋でした。広間というのでしょうか。しかし存在するべき調度品は取り払われた様子で、絨毯《じゅうたん》が敷《し》かれていて、だだっ広い印象でした。

まだ日は暮れておらず、雨天とはいえ多少の光が窓から入ってきているおかげで、すぐに状況がわかりました。

ひとが、部屋の中央にある煤《すす》けたマットの上で蹲《うずくま》っているのです。ホームレスのような格好の男性でした。まるで老女を発見したときと同じようでしたが、ひとつ大きく違う点がありました。

彼は、生きていたのです。

足を悪くしているようでした。黒い痕跡《こんせき》が、灰色のズボンや黄ばんだマットに染みていました。すでに真っ黒に変色していましたが、あれは血かもしれません。そして本人は動かない両足を抱え、マットの上でのた打ち回り、息苦しそうに喘《あえ》いでいます。

（生きている……！）

この状況ならば――彼を、助けることができる。

一瞬、そう思いました。

僕の気配を感じ取ったのでしょう。彼は「助けてくれ」と呻きました。

しかし扉を入ってきた僕の姿は見えていないようでした。視力を失っていたのかもしれません。唇の端から泡を吹いていました。痩《や》せて頬《ほお》がこけ、顔は土気色。具合が悪そうで、何日も何も食べていない様子でした。

ひどく老いているように見えましたが、もしかしたらそれほど老人ではなかったかもしれません。

黒い糸は死体だけでなく、生者にも繋がるのだと、初めての事態に驚きました。

しかし、それは間違いでした。

ふと見ると、僕を引いていた黒い糸は彼のいるマットの上ではなく、別のところに繋がっていたのです。

僕の指に雁字搦めになった黒い糸の繋がる先は、広間の隅でした。糸が複数本繋がって、犬や猫の死骸が無数に放置されていたのです。白骨化したものも見えました。

さらに、薄汚れた大きな青いシートがありました。シートの端から黒い糸が無数にはみ出ていました。毛玉のような……美容室で見かけるマネキンの首に似たものが転がっています。あれは作り物でしょうか?

広間は、死体だらけでした。

死骸の山です。

生きている者は、彼と僕だけです。

鼻と口を押さえたまま、僕は混乱し、硬直していました。

これほどとんでもない現場に居合わせるとは、思いもよらなかったのです。全身ががたがたと震え、一歩も歩けなくなりました。逃げ出したいのに、その場に縫い付けられたかのように、動けません。

けれども始終、僕の指は軋《きし》み、耳には叫び声が届いていていました。それはホームレスらしき男の発したものではなく……。犬や猫、そして向こうにあるシートからはみ出た髪の毛の持ち主からの、「見つけてください」という、悲鳴です。


僕はやっと冷静さを取り戻し、悟りました。

つまりこの男の正体。苦しんでいる理由、そして行った非道について……。

彼はここにいる動物を殺し、人間をも殺したのでしょう。この広間の死体を作った張本人は、おそらく、せめてもの抵抗をした動物から反撃にあい、足を負傷したのです。動けなくなって、屋敷から出られなくなったのです。

（こいつは、殺人犯……）

間違いありません。

そして僕のなかに疑念が生まれました。これまでの様々が繋がってしまったのです。

たとえば、橋の下の暗渠で見つけた死んでいた兎。

兎は、飼育小屋からいなくなっていました。飼育小屋は、兎が勝手に出て行けないようになっていますが、外側からはいつでも開けられます。兎を盗んだ者がいるのです。

虐待したのは？

僕が今までに発見した、飼われていたはずの動物たちは？

僕が発見した動物たちのなかには、首輪がついていた……つまり飼われていたものも多くありました。けれど家で飼われているペットがそれほど頻繁《ひんぱん》に行方不明になるでしょうか。しかも、人知れず死んでしまうものでしょうか？

もしや、この男が盗んでいたのでは？

そして広間の隅にあるシートからはみ出た、あの髪の毛は……。

自業自得の男。もう長くないとわかります。しかし、か細い声で助けてくれと縋《すが》っています。第三者の気配を感じ取り、かすかな望みを口にしています。


僕の胸に浮かんだのは、怒りでした。

八

あとから思い起こすに——怒りなどという生温い感情ではなかったのかもしれません。激怒といっても差し支えないでしょう。
黒い糸は絶対に生者には繋がらないのです。僕を屋敷へ呼んだのは、殺された動物たちや死んでしまった人間の、藁《わら》をも摑《つか》む悲しみでした。

僕は男を見つけたあと、そのまま帰宅しました。

いつものように食事をし、普段どおり振る舞い、やがて眠りました。朝はいつもの時刻に目覚まし時計で起床して、通学路を歩いて登校して授業を受け、いつもどおり過ごしました。

放課後になると、屋敷へ出かけました。いつしか黒い糸による導きはなくなっていました。たとえ糸に連れて行かれなくても、僕の足は、真っ直ぐに端の広間へ行き当たります。

そこにはまだ男がおり、息はさらに細くなっていました。

(なんだ、まだ生きてるのか)

僕はそう思い、屋敷をあとにしました。

以前の老女は横たわってからさほど長くかからなかったと聞いた気がしましたが、もともとの体力がなかったためでしょう。しかし男はまだ時間がかかるようでした。こちらのほうが体力があるのです。

やがてある日、男が完全に停止しているのを発見しました。その日は厳寒《げんかん》で、立派な造りのおかげでそこそこ暖かい屋敷のなかも、まるで冷凍庫のように凍っていました。冷え込みに、一気にやられたのでしょう。体力が尽きたのです。

部屋には、乾いた悪臭と静寂が充満していました。

僕の心も冷めました。あれほどの憤懣《ふんまん》は霧消《むしょう》し、まるで何事もなかったかのようでした。

そして僕の指には新しく黒い糸が絡まっていました。

しかしどうせこんなもの、見て見ぬふりをすればすうっと消えてしまいます。最初に僕を呼んだ複数の黒い糸がいつの間にかなくなっていたように、すぐになくなるだろうと思いました。

けれども、糸はしつこく僕を引っ張りました。

屋敷で死んだ男に繋がる糸です。死んでから、指に絡まったのです。

なぜか、どうしても消えてくれませんでした。指が引き千切られそうになっても抵抗しましたが、やがて骨に異常をきたしたかのように痛み、本当に千切れる恐怖に脅《おびや》かされたところで僕は交番へ言いにいきました。

「あの屋敷から、変なにおいがする」

自分は死体の第一発見者ではない風にできるだけ装いましたが、それはかないませんでした。なにしろ老女の前科がありましたから。「冒険していた」にしても、ずいぶんこっぴどく叱られました。

行く先々で死体が見つかるなど、死神かハイエナのようです。ことが片づくと冒険禁止を言い渡され、僕は素直に従いました。

以降、僕はできるだけ黒い糸を無視するよう努めました。

黒い糸はこれまで、あらゆる場所へ繋がっていました。つまりこんなことは、この世界のどこにでも存在し、いつだって身近なところで起こっている、ごくふつうの他愛もない不運な出来事なのです。だから「見つけない」を選択するのも簡単です。

それに僕は屋敷の一件で、恐怖心を抱いていました。

男を発見した当時の僕の心は、怒りに満ちていました。動物たちの悲しみ。あのとき広間の隅で発見されたのは、隣の県で行方不明になっていた小学三年生の少女だったそうです。あの少女の、僕にだけ届いた悲鳴。

のちの遺族の激怒を思えば、誰だって怒るでしょう。

けれども……。

たとえ犯人とはいえ、僕自身は彼を見殺しにすべきだったでしょうか？

怪我《けが》をしてのたうちまわり、右も左もわからず、呻き声で助けを求めていた犯人の男。

僕は何もしませんでした。彼に何もしてあげませんでした。何もしないことが復讐《ふくしゅう》の代理でした。

つまり黒い糸の繋がっている先にあった暗黒色に、心の底まで染められ、魅入られていた瞬間が、たしかにあったのです。


やがて僕は学校を休みがちになりました。

僕をそうさせたのは、恐怖です。

衝撃的な死体を発見し続けたという、外的由来の恐怖ではありません。

黒い糸が結びついてきたら、今度こそ指を引き千切られてしまうかもしれないということは、もちろん原因のひとつではありますが……。

あとから思い返したとき、屋敷で苦しむ男に何もしなかったときの自分の心こそが恐ろしいと思ったのです。

怒りに任せて他人を見殺しにした自分が、他のなによりも怖かったのです。


しかしながら、ふつうのひとに理解してもらえない秘密というのは、まんざらではありませんでした。抱えれば抱えるほど、無理解な大人と秘密を抱える辛い僕という構図は、悪くありません。

当初は、家から出ないでいれば問題はありませんでした。登下校をするとつい黒い糸に捕まってしまい、人間ではないにしろ、不幸な死骸を発見してしまいます。

完全に不登校となってしまうのに、さほどの時間は要しませんでした。なにしろ奇妙な現場に居合わせただけあって、周囲からの扱いは腫物《はれもの》に触るようでした。それをいいことに、僕の引きこもりは加速しました。


けれども、僕はふたたび死体への糸に絡めとられてしまうのです。

九

僕は長きに亘《わた》って、家に引きこもりました。

そのあいだに、父母は確実に老いていきました。焦燥はありましたけれど、僕はどうしても外に出る気にはなれませんでした。親戚中から「いい加減にしないか」と責められても、母が守ってくれました。父は何も言いませんでした。

いつの間にか二十年近くもの年月が経過していました。

いい加減、何かしらで生計を立てなければなりません。

そこで、父母が自宅に回線を引いてくれたので、僕はインターネットに没入しました。まるで過去にオカルト世界にのめりこんだときのようでした。

いつしか過去の趣味と現在の趣味を掛け合わせることを思いついた僕は、ホームページを開設するに至ったのです。

最初はあらゆるオカルトをまとめた私的な備忘録《びぼうろく》のつもりでしたが、少しずつ形になっていくにつれて公開したい思いが強くなり、もっと他人の興味を引きそうな未解決事件や怪奇事件、猟奇《りょうき》事件をまとめはじめました。アクセスは多くなり、ありがたいことにアフィリエイト収入を得られるまでになりました。

不可思議な事件はいま現在もどこかで起こっていて、僕を巧《たく》みに誘惑します。インターネットの配線は黒色だったので、これもある意味黒い糸といえるかもしれません。

収入が得られるようになり、これを「仕事」としていた僕は、ふたたびオカルトの世界にのめりこんでいきました。なにしろ新しいネタをたくさん仕入れていかなければ、アクセスは少なくなってしまいます。

新鮮なネタや古いネタ、様々なものを探すのに、この時代はすっかり便利になりました。外界に出なくても、いいのですから。

外には出たくありません。

怖いものがたくさんあるのです。

そして自分の内側には、外に触れることによって目覚めそうな、怖い「何らか」が眠っているのです。

僕は少しずつ、自分の体験も書いて記事にしました。黒い糸と、その先に繋がっていた死骸たちについて、です。

十

ある晩のことです。

真夜中——僕は、男女が争っている声で、目を覚ましました。

午前三時、僕がベッドに入って、一時間ほどしか経過していません。

(またやってるな……)

僕が小さなころは仲睦《むつ》まじかった両親ですが、僕が大人になるにつれ、喧嘩《けんか》が増えていきました。もちろん原因は僕でしょう。引きこもっていて、外で働く様子のない息子など、いくら多少の収入を得ていたとしても、とかく外聞が悪いに決まっています。

この夜の父母は特に激しい口論をしていました。交わす内容は詳しく聞き取れませんでしたが、不快な内容であることは間違いありません。一度だけ、「やめてくれ」という父の声が聞こえました。切羽詰まった声でした。

僕は枕元にあった耳栓をし、ふたたび眠ることにしました。耳栓は柔らかく、耳の穴をぴたりと塞《ふさ》ぎます。こうしておけば、何の音も入ってこず喧嘩の声も聞こえません。


次に目覚めたのは、痛みによってでした。

猛烈な痛みで急速に意識が浮上した僕は、まず部屋の暗さに驚き、時計を見ました。時刻は四時。この時間に窓の外が暗いということは、まだ明け方でしょう。争いの声を聞いてから一時間しか経っていません。

痛みの原因を探します。痛みには覚えがありました。

指に繋がっている、黒い糸。

長らく外界に接していなかった自分に、黒い糸が絡みつくことはありませんでした。ある程度、外の空気に触れていたり距離が近くならないと、呼ばれないものなのです。けれど、指には黒い糸が繋がっています。

黒い糸は自室のドアの向こうへ、強く呼んでいました。明け方は静寂で、虫の声だけが聞こえます。ベッドから出た僕は、音を立てないように気をつけながら、明かりをつけて、階下へおりていきました。

父母の寝室の前の廊下を過ぎました。居間を過ぎて、広縁《ひろえん》へ。裏庭には倉庫があります。明け方特有の冷たい気配が漂っていました。裏庭の倉庫――あんなところに、なぜ黒い糸が繋がっているのでしょうか。ほんの数時間前にはなかったというのに……。

倉庫にはたくさんの荷物が煩雑《はんざつ》に押し込められているはずです。迂闊《うかつ》に荷物を引き出せば何もかもが崩れてしまうといって、開かずの倉庫になっていました。

指が千切れそうなのを我慢し、僕は踵《きびす》を返しました。

そうせざるをえませんでした。

争いの声に耳を塞いだせいです。

もっと早く、外に出てさえいれば……。


明るくなって階下におりると、父の姿がありませんでした。

「お父さん、出ていっちゃった」

母は淡々とそう言いました。そう言わせたのは僕でした。だから僕は嘘《うそ》を受け入れるしかありませんでした。見て見ぬふりをし続けたものの、黒い糸はさらに強く指を引き続けました。

小指はやがて原因不明の壊死《えし》となり、切断しました。救いを求める魂を、指ごと切り捨てたのです。生きているものを守るために。

十一

もしあの晩に聞こえた「やめてくれ」に、聞こえないふりをしなければ、いまごろ何かが変わっていたのでしょうか。

同じことがのちに起きたときに、僕は……。

僕は黒い糸を、まったく存在しないものとして振る舞い、外に出て生活するようになりました。父が突然「蒸発」してしまったため、それをさせた自分を省《かえり》み、母のためにもきちんとした社会人にならなければなりませんでした。

しかしながら、三十を目前にしてまともな職歴も学歴もない男を雇ってくれる場所はそうありません。就職活動は難航しました。

清掃会社のアルバイトに雇われたのは、十一月の中旬です。企業の自社ビルや、雑居ビルなどを回って清掃したり、管理会社からの依頼で管理物件のマンションやアパートの清掃もありました。最初は先輩から手順や薬剤の取り扱い方法などを教わりましたが、それほど日を置かずに、ひとり立ちしました。

新宿《しんじゆく》にある雑居ビルの清掃は、一週間に一度でした。夜間、現地へ向かい、清掃用品が入っているパイプシャフトを開き、清掃をするのです。

毎日清掃をしながら、僕は陰鬱《いんうつ》な日々を過ごしていました。むかしの出来事は靄《もや》でもかかったかのように遠い彼方《かなた》で、鮮明に思い出そうとすると苦しいのです。自分はいったいどこで道を誤ってしまったのだろう。そんなことばかり考えてしまいます。

そんなときでした。「彼」が声をかけてきたのは。

彼は、新宿の雑居ビルの住居スペースに住む青年でした。僕よりも少し年上だったでしょうか。三十代半ばくらいの、すらりと背が高い、線の細い印象の男性でした。眼鏡をかけていて、印象に残らない顔立ちをしていますが、よく見るときれいな雰囲気をまとっていました。

確かあれはアルバイトに入ってすぐ。テナントの裏のゴミ箱が、通りすがりの酔っ払いが吐いた吐瀉物《としやぶつ》にまみれていたのを掃除した直後です。

掃除をするうちにうっかり汚れてしまった僕を見かねた、ビルの住人だった「彼」が、「せめてうちでお風呂だけでも入りませんか」と、誘ってくれたのでした。

あのときの自分は、相当汚かったのだろうと思います。そして見た目以上に、心のほうが疲弊《ひへい》していたのでしょう。

雑居ビルの三階には、三部屋ありました。住居用の１ＬＤＫです。一室しか埋まっていないと、僕は知っていました。そこには在宅で仕事をしている男性が住んでいると、前もって教えてもらっていたのです。常に部屋にいるから、できるだけ音を立てないようにという申し送りでした。その、常に部屋にいるから……という部分がなんとなく自分との共通点に感じられて、少しだけ親近感がわいていたのかもしれません。そうでなければ、見ず知らずの他人の部屋で風呂になど入ろうとは思いませんから。

「きれいに掃除してくれて、ありがとうございます」

誰かに感謝された記憶を持っていなかった僕に、彼の言葉が染み入りました。ベッドと仕事に使用するというパソコンがあるだけの、他に何の調度もない殺風景な部屋でしたが、暖かい部屋でした。遠慮したのですが食事までもらいました。

「そんなに親切にされても……」

と辞そうとしたのですが、

「いや、誰かと話したい気分なんです。よかったらお付き合いください」

彼はそう言いました。

それからというもの、僕は清掃のたび、彼の部屋を訪れるようになりました。打ち解けるにつれ、家族のことや生い立ちなども話しました。ずっと引きこもっていたことも言い、やがて糸についても話しました。そのころにはあまりに僕が反応しないせいか、黒い糸が見える頻度《ひんど》も減っていました。だから、過去のこととして語りました。

「じゃあ、もう見えないんですか？　糸は」

クリスマスイブの晩でした。そんな日だというのに、僕には何の予定もありませんし、意外なことに彼にも予定がないとのことで、突然訪れたにもかかわらず優しく出迎えてくれて、部屋でふたりで話し込んでいました。

彼は僕の突拍子もない話を信じてくれました。糸に切られた小指を見せたからでしょうか。

僕は糸に振り回される人生に疲れていました。見えなくなればいいと願い、過去の出来事にしてしまおうとしました。見えなくなって、何も知らないころに戻りたい、と。本当はまだ黒い糸は見えていて、他の指に絡まっているのに。

今日は、薬指がじりじりと痛みます。

「そうですね。もう、見えないです」

いつしか傷だらけになってしまった手を覆いながら僕が言うと、彼は心配そうな表情から、どこかほっとした表情になりました。

「大変な人生ですね。今、落ち着いているのなら、よかったですね」

「……救いを求めている魂だというのなら救ってあげたいんですが、こちらが保《も》ちません」

「わかります」

ほっとした表情のなかに見える、何かを秘めた深い瞳に、僕は同類のにおいを嗅《か》ぎ取りました。もしかしたらこのひとは本当に僕と似ているかもしれない。そう思いました。胸のうちが、焦げるような音を立てました。

僕の予想は当たっていました。

「実は僕も、むかしからそういった類《たぐい》のことに困らされてたんです」

やはり、という言葉を飲み込みます。

「あなたも？」

「ええ。僕の場合は、糸ではなくて、影ですが」

彼は僕と違い、幽霊が見えるそうでした。幽霊と呼んでしまうと気持ちが悪いので、

「影」と呼んでいると言いました。

「恨《うら》みを持つ人間が濃く残っているのが、影となって見えてしまうんです。明るいところにいるよりも暗いところにいるほうが好きなんです。暗闇《くらやみ》なら影はできないでしょう?」

本当でしょうか?

僕は疑いました。

自分以外の特殊な力を持つ人間に初めて会い、一瞬嫉妬《しっと》したのでしょう。本当だろうか。このひとにも、他人とは違う力があるのだろうか。

その力は僕の持つものよりも、特別だろうか――。

彼は言いました。いつもよりも冷たい口調でした。

「だから、そろそろ外に出してあげたほうがいいんじゃないですか。お父様を」

十二

時刻は午前零《れい》時近くに差し掛かっていました。

彼の持つ力が本物であると証明するには、その一言で充分でした。取り繕《つくろ》う意味などないとわかりました。

「父は、恨んでいるんでしょうか」

「狭いみたいですから」

含み笑いを浮かべながら、彼は頷《うなず》きました。僕は警察に突き出されるのでしょうか。死体を隠蔽《いんぺい》した、共犯者として……。

「でも、誰にも明かしません」

彼は言いました。

「代わりに、もうここには来ないでほしいんです」

彼はそうつぎ、僕は訊《たず》ねました。

「それは……浴室に死体を隠しているからですか？」

訊ねると、彼は薄っすらと微笑《ほほえ》みました。

先ほどから、ずっと指が痛いのです。

糸は視認すれば、はっきりと見えます。すると色付いた糸は僕の指へと絡みつき、強く引いてくるのです。糸の方角は浴室です。浴室は一度使用したことがありました。

「もし彼女からの糸が繫がっているのだとしたら、君はずっと大きな勘違いをしていたのだと思います。黒い糸について」

「どういうことです」

「だって彼女は、救いを求めている魂なんかじゃない。僕が彼女を殺したことこそ、彼女にとっての救いだからです」

彼はそんな、わけのわからないことを言いました。何かしらの事情があるのか、それとも他者とは違った価値観なのかはわかりかねます。

「父のことは、誰にも言わないでください」

僕は立ち上がりました。黒い糸にかかわるつもりはありません。生きているもののほうがたいせつです。それはいまもまだ生きている母であったり、僕自身です。つまり、保身に走りました。この部屋を出たあと、振り返らず、誰にも何も言わずに会社を辞めてしまえば、ここを訪れる機会は二度とないでしょう。

黒い糸を振り切るのは容易ではありませんでした。指が千切れそうになったのは、何度目でしょうか。これほど強く呼んでいるのに、救いを求めていないとはどういうことでしょうか。薬指は、のちに千切れてしまいました。

彼と別れた翌朝、雑居ビルは火災になりました。

クリスマスの朝、誘拐された女優と無理心中を遂げたという男のニュースが紙面を騒がせました。家主の男はガソリンを被り、焼身自殺をしていました。ひどい火事になって、ビルも建て替えを余儀なくされました。

実は火災直後、僕は黒い糸にふたたび強く引かれました。糸からは「彼」の気配を色濃く感じました。自殺したのに、どうして救いが必要なのでしょうか。おかげで、中指が千切れてしまいました。

僕の大きな勘違い――黒い糸は救われたい魂ではないのでしょうか。だとしたら、いったい何だというのでしょう。

オカルト好きな少年が見た、妄想の産物とでも？

事件から何年もかかって、ようやく先日答えを閃《ひらめ》きました。幼いころに居合わせた数々の現場を思い返したときの共通点が、もうひとつだけあったのです。それは大人になってからしか、重要性がわからないものでした。

死骸を発見した場所はどこもかしこも、子供にとって非常に危険な場所でした。

自分が親であれば子供には近づいてほしくないような場所です。天井や床が抜けそうな廃屋や、増水した河川《かせん》、危険な人物が潜伏している廃墟、殺人犯の住む部屋。

呼んでいたのは、救われたかったから？

救われない魂の悲鳴？

いいえ、僕が自分を特別だと信じたくて、自分で理由付けをしただけです。救われたいだなんて誰も言っていませんでした。

みんな僕を、道連れにしたかったのでしょうか。

黒い糸を見てしまったことで、僕は黒い糸から強く呼ばれるようになってしまいました。

これ以上、見たくない。見つけたくない。

道連れになどされたくない。

そういった思いから、自分の目を潰すことにしたんです。後悔はしていません。だって僕は何も見なくても済みます。これ以上、指を失うこともないでしょう。

もう何も見えません。どうか、二度と何も見えませんように。

あの「家」のことをよく思い出します。

むかし暮らしていた場所のことです。二十年以上前……。

頻繁《ひんぱん》に想起してしまうのは、遠い過去が懐かしくて切ないからでしょうか。もう戻れないからでしょうか。

それとも……怖いからでしょうか？

一度「家」へ戻ってみたいと思っているんです。けれど僕の願いはかなわないでしょう。なにせ「家」を出て、ずいぶん経ちました。長い年月を経るうち「家」の正確な位置がわからなくなってしまったんです。それにおそらく移転しているでしょう。けれど「家」自体は雰囲気も暮らしぶりも、きっと当時のまま変化ないのではないでしょうか。

……自分を納得させるべく場所がわからないなどと理由をつけているだけで、本気で調べようとしさえすれば、わかるはずです。「家」はまだ、狭い国土のどこかにひっそりと、息をひそめるように存在しています。だから見つけられます。

戻ってみたいと思いながらも、戻ることはできません。

やはり、怖いからです。

僕が最初にいたころの「家」は、N県の山中にありました。

昭和の時代に山を切り拓《ひら》いて、養蚕《ようさん》で生計をたてていた村のなかでした。村外れの土地の一部を、県内に住んでいた実業家が買い取り、「家」を作ったんです。

「家」の存在を知ったのは、五歳とか、六歳くらい。ずいぶん小さなころです。

なのになぜ、記憶はこれほど鮮明なのでしょう。

一

僕は東京生まれです。

だから、生まれてから「家」へ向かう五、六歳ごろまでは、僕は東京で暮らしていたのだと思われます。……なぜ他人事《ひとごと》のように曖昧《あいまい》なのかというと、実は「家」以前については、あまり記憶がないんです。幼かったから……という理由のみではありません。

僕は水商売の母親と、ひとつ上の兄と、三人で慎ましく暮らしていました。しかしおそらく、幸せな暮らしとは言い難かったでしょう。

父親は僕が生まれる直前に浮気相手と消えたそうです。あるときから、母親の恋人だと名乗る男が家に出入りするようになり、突然、前日までふつうに過ごしていたはずの兄がいなくなりました。

喧嘩《けんか》しながらも兄弟仲は良かったというのに、朝起きたらいなくなっているなんて、兄はどこへ行ってしまったんでしょうか。男に言わせると、「幸せな所へ行った」のだそうですが、僕は置いてけぼりでした。

兄がいなくなってから、僕はひとりきりで寂しかったのだと思います。兄と遊んだ記憶を辿るうち、僕は兄の幻想を脳内で作り出し、一緒に遊ぶようになりました。

僕のひとり遊びの様子は周囲からすると、いかにも不気味だったでしょう。母から「お兄ちゃんはいないでしょ?」と訂正されるたび、意固地になって「いるよ。ここにいるのに、なんでママはお兄ちゃんがいないいないなんてひどいこと言うの?」と答えました。もちろん、いないことを知りながら……。寂しくて、兄の不在を信じたくなかっただけなんです。


僕が母親とその恋人から身ひとつで放り出されたのは、兄がいなくなって三カ月ほど経った、骨まで凍《い》てつきそうな真冬の晩でした。夜道を彷徨《さまよ》って、誰にどういった経緯で助けられたのかは覚えていません。

のちに母親と恋人が逮捕されたと聞きました。

罪状は殺人と死体遺棄《いき》でした。

つまり僕の兄は、不幸にして実の母親に殺されていたんです。兄は黒いゴミ袋に入れられ、近所にあるゴミの埋立処分場で発見されたそうです。

「幸せな所へ行った」はずなのに。

保護された僕は東京を出ました。見知らぬ大人に連れられて、旅をしました。冬の冷たい雨が降る明け方から鉄道を乗り継ぎ、やっと到着したのは夜遅く……そんな遠方の村へ。氷雨《ひさめ》は道中、雪に変わりました。小さな駅舎に到着したのは夜です。

駅舎を出て……広がる外界は豪雪《ごうせつ》に覆《おお》われて、すべてが冷たい眠りについていました。呼吸するたびに喉《のど》が痛みます。肺までも凍てつく気温のホームに降り立ち、あかぎれまみれの指先を幾度もこすり合わせます。大地を覆う白銀色と、頭上の空は紺色に染まりきる真夜中。あれほど降っていた雪はいつしかやみ、代わって星明かりが降り注ぎ、汽車が轟《ごう》音《おん》を立てて去って汽笛《きてき》が遠ざかれば、耳が痛くなるほどの静寂《せいじゃく》に包まれます。

しんと息を殺している、途方もない雪国を目前にして、僕は放心状態でした。

「ここにはね、君の新しい『家』があるんだ」

僕をこの村へ連れてきた大人が口を開きました。

冷たい僕の手をさらに冷たい手で握り、彼は静かに言ったんです。彼がどんな人物だったのか、背格好も表情も、何ひとつ具体的には覚えていませんが、声はとても低く、雪国に負けないほど静かだった……それだけは覚えています。

「僕の家?」

「君のような、生まれ落ちる場所を間違えてしまった子の、本当の家だ」

　彼の言う意味は上手く理解できませんでしたが、新しい「家」には興味がありました。

「本当の家……」

「そう。不幸せな子供を救う場所なんだよ」

　彼はそう言いました。ならば、きっとその「家」は「幸せな所」なのでしょう。不幸な子供を救済する施設は、僕を救済対象とし、救ってくれたのでした。

「どんなところなの？　幸せなところ？」

「もちろん。君は賢いね。よくわかっているじゃないか。……けれど、『家』へ行く前に、君はひとつ、約束をしなくちゃいけないんだ」

「約束って？」

「大事な約束だ。君は守れるかな？　いいかい、守れなければ、『家』には行けない。ここで約束を守ると誓えなければ、君はお母さんのもとに戻るんだよ」

　母親のところには、恋人である彼もいるでしょう。母よりもずっと若くて細身で、いつも煙草《たばこ》のにおいがする男です。少し遠いスーパーの駐車場で、僕を車から降ろして素早く立ち去るのが好きだった、僕を嬉《うれ》しそうに虐《いじ》めるあの男が……。

　僕は思わず彼のコートの裾《すそ》を摑《つか》み、首を横に振っていました。

「戻りたくない。約束する。絶対に守るよ」

戻るわけにはいきませんでした。

「凄いね。流石《さすが》、男の子だ。誓えるね？」

「誓うよ。約束って何なの？」

「約束は……君の名前を忘れるということだ。これから新しい名前をもらえるから、今日からそれが君の名前だ。前の名前は使わない。口に出してもいけない。それが約束だ」

「新しい名前……」

約束を守れる気がしました。もっと無理難題をいわれても了解したでしょうが、想定していたよりも容易そうです。僕は大きく頷《うなず》きました。

「わかった。絶対に守る」

「本当だね？　もし他人に訊《き》かれても言ってはいけないし、訊いてもいけないんだよ」

「うん、大丈夫！」

「男と男の約束だ」

「うん！」

僕は勢いよく何度も何度も頷き、同行者は嬉しそうに僕の頭を大きな掌《てのひら》で強く撫《な》でました。そんな風に撫でられたのは初めてのことで、驚いたけれども悪くない感じがしました。

なんというか、初めて触れた父性のようなものだったからでしょうか。

しかしながら、万が一約束を破れば、僕はふたたび不幸せな場所で不幸せな子供として生きることになります。いいえ、生きられるのならば御《おん》の字《じ》です。場合によっては、兄のように死んでしまう可能性も十分にあるのですから。

（絶対に約束を守るんだ）

きっとそんな約束と決意をしてしまったから、のちに僕は「たいせつな名前」を記憶の底に沈めてしまったのでしょう。

そして長い時間が経たのちに思い出してしまったのは——僕があの「家」で犯した罪への、罰なのでしょう。

二

「家」はさらに山のほうにありました。

最寄り駅の駅舎前のロータリーから、バスが出ていました。無愛想《ぶあいそう》な運転手が運転するバスに乗車し、揺られること一時間ほど。山中をくねくねと進むうち、やんでいた雪がまたしんしんと降り始めました。暖房は最大限に設定されていても一向にきかず、車内だというのにもかかわらず、溜息が白く残りました。強烈な睡魔に襲われて船をこぐたび、隣に座る同行者に起こされます。

「寝るなよ。死んじゃうから」

「死んじゃう？」

「ああ。君のお兄さんみたいにね……」

ふと、同行者が思い出したように問いかけてきました。

「そういえば君は……、お兄さんが死んでから、お兄さんと一緒に遊んでたんだってね。君の目に、お兄さんはどういう風に見えてたの？」

気持ちよくうつらうつらしているときに訊《たず》ねられて、僕は寝惚《ねぼ》け眼《まなこ》をこすりながら答えました。

「そんなの、全部嘘《うそ》だよ」

「嘘？」

「お兄ちゃんはいなかったもん。僕を置いてったから、悲しかったんだ。だから、お兄ちゃんがいるふりしてただけ。本当はいなかったよ」

僕は正直に告白しました。真実を告白するのは辛かったのですが、僕は兄は不幸に死んだのだと認識してしまったし、これ以上嘘を吐《つ》き続けるわけにはいきませんでした。

同行者からの返事はありませんでした。彼は黙りこくってしまいました。

「ごめんなさい」

僕はなんとなくそう謝罪をしました。やはり嘘を吐くのはよくないことでした。

「いや……ああ、そう」

同行者は淡々《たんたん》と頷きました。

ちょうど停留所に到着したらしく、バスが停車しました。同行者は「行こう」と言って僕の手を引き、連れ立ってバスを降ります。眠くて足元が覚束《おぼつか》ないのに、強い力で引かれるので、何度も転びそうになりました。

「家」は、停留所のすぐ傍《そば》にありました。停留所から歩くと、白くて高い塀に囲まれた場所に着き、塀をぐるりと回りこんだところに「家」の入り口である門が見えました。

「家」の外観は立派でした。白い外壁をした小綺麗な建物です。ひとが住まいとする住宅の「家」ではなく、小規模な小学校といった趣《おもむき》でした。門を入ると寄棟《よせむね》型の屋根をした白い漆喰《しっくい》の奥行きのある建物があって、奥深いところには尖塔《せんとう》が見えました。敷地は広いため、もっと奥には他の建物もあるかもしれません。

受付のところで、同行者が出迎えの女性に言いました。

「何も見えないそうだよ」

たぶん彼は僕が吐いた嘘のことを、誰かに報告したのでしょう。同行者とはそこで別れたきりだったので確かめようがありませんが、間違いありません。その証拠に、僕は「家」に来てしばらくのあいだ、大人たちの面談やテストを受けさせられました。兄についても何度も問い質《ただ》されました。

おかげで、嘘を吐いたことを何度も謝る羽目になりました。大人たちが「見えない」ことを静かに怒っている風に感じられたからです。誰からも暴力的な扱いは受けませんでしたが……。質問をされるたびに抱いたあれは、疎外感というのでしょうか。

しかし結論からすると、僕は「家」に受け入れられました。

奥行きのある小学校風の建物には、数人の「先生」と、僕と同じ年頃の、二十人の子供がおりました。言葉の違いを感じることも多々ありましたから、先生も子供たちも全国各地から寄せ集められていたのだと思います。

最初の約束どおり……僕は「本当の名前」を捨てました。

「家」では子供を、番号で管理していました。僕に与えられたのは、「三番」です。数字が僕の名前でした。だから「家」にいるあいだ、三番と呼ばれていました。

二十人いる子供たちは、それぞれに番号が割り振られていました。二十あった番号札のうち、使われていなかった「三番」が僕に新しく割り当てられたのです。つまり、僕がやってくる前に三番が空いたのでしょう。

番号札がありました。四角くて硬いプラスチックケースの名札に、漢数字で大きく「三」と書かれた、手書きの古い札です。これが自分の名前だとは……しばらくのあいだは違和感を覚えましたが、呼ばれるうちに慣れました。なにせ以前の名前は使ってはいけないし、他の子供も番号で呼ばれるため、慣れざるをえません。

(前の名前は使わない。口に出してもいけない。もし他人に訊かれても、言ってはいけないし、訊いてもいけない)

約束は違《たが》えません。絶対に守ります。戻りたくないですから。

僕を含む子供たちは全国各地からこの「家」に縁あって集まり、共同生活を送ることと相成りましたが、それほど仲良くは接しませんでした。むしろどちらかというと一定の距離を保ち、お互いに干渉しあわないよう気を遣っていました。

保護者から捨てられたという共通項がある僕たちは、人間を信用しなくなっていたのでしょう。

「八番」は一歳年上の少年でした。僕とは違う、ガキ大将風の活発な男子です。引っ込み思案で緩慢《かんまん》気味な動作しかできない僕は、何でもそつなくこなす八番を苦手としていました。彼が何かを上手くこなせばこなすほど、こちらの不器用さを責められている気がしたからです。

彼は僕によくこう言いました。

「おまえ、鈍臭《どんくさ》いな」

一歳しか違わないのに、八番はとても背が高くていつも上から目線でした。どうやら僕は目をつけられてしまったようで、僕は何かにつけて八番から嫌味や意見をぶつけられました。けれど言い返すことはできません。八番が暴力を振るってきたとしたら先生に言えたのでしょうが、それもできませんでした。八番は表向き、僕の世話を焼いているように見えていて、先生の覚えもよかったのです。

僕は落ちこぼれでした。

彼の言うとおり、鈍臭くてもたもたしていました。自分自身も鈍《にぶ》い性質《たち》という自覚はありましたが、改善する方法がわからず、どれだけ指摘されても慌てるとかえって失敗してしまいます。

同じような年齢の子供が集まるなかで、僕の鈍臭さは群を抜いていたのでしょう。そして子供たちのなかでももっとも優秀だった八番は、おそらく先生から僕の世話を焼くように言われていたのです。嫌そうに手伝ってくれることが増えました。

「お兄ちゃんだと思って、頼りなさい」

と、先生が言いました。八番は不貞腐《ふてくさ》れたみたいな仏頂面《ぶっちょうづら》をしているし、僕はそんな八番の手を煩《わずら》わせるのも申し訳ないので恐縮してしまいます。それに、本当の兄と八番とでは、まったく違います。

（お兄ちゃんは、別に僕に何もしなかった）

僕の兄も僕と同じような性質だったため、兄弟がそれぞれのペースでいても楽に過ごせました。喧嘩もありましたがすぐに仲直りできました。やはり血の繋《つな》がりが為《な》せる業《わざ》でしょう。

僕が八番に懐かないのを見かねて、

「せっかくだから『お兄ちゃん』と呼びなさい」

と先生に強要されました。

お世話係に任命された八番も内心迷惑だったと思います。僕は基本の能力値が低いし、大人からきちんと躾《しつけ》もされていないのに、一歳しか違わない彼には荷が重いでしょう。八番を兄と呼ぶことは、僕にはできそうにありません。しかし呼ばなければ……。先生の目が笑っていないのが気にかかりました。

「八番にも弟がいたのよ」

先生があとでこっそり僕に耳打ちしました。僕は驚いて先生の顔を見ました。いま、先生は過去形で言いました。僕はそこに気づいたのです。

つまり八番は僕と同じ境遇なのでしょう。想像がつきました。二十人いる子供たちのうち、わかりやすく体に傷を負っているひともいましたが、八番は目につきやすい形の傷跡はありませんでした。しかし心は他の誰ともかわりないのでしょう。

兄を亡くした僕と、弟を亡くした八番。

先生の試みどおりに八番に対して親近感がわいた僕は、八番に気安く話しかけました。

「お兄ちゃん」

とりあえずそう呼んでみるところから始めればいいのです。けれど八番は僕を一瞥《いちべつ》し、のちに先生の目がないところで言いました。

「三番に、兄貴扱いされたくない」

欠けたものの代替にはできない、という意味が込められていることがひしひしと伝わってきました。八番の瞳は、僕の向こう側に弟の姿を見たくはないという色をしていました。兄の代わりだとか弟の代わりだなんて強制されたくないのは、僕のほうも同じです。他人が思うほど簡単なことではないのです。

「家」は、時の流れから置き去りにされていました。

子供たちが学校にも行かずにひっそり暮らしている様子は、周辺の大人から見れば不気味で異様だったでしょう。塀に囲まれた白くて狭い、閉鎖的な世界。「家」での生活は、淡々と過ぎていきました。

そのうちに僕は気づくのです。

「家」の、居心地の悪さに。

誰からも虐められず、生活や生命こそ脅《おびや》かされませんけれども、たいせつな何かを置き去りにしたまま日々が過ぎていく感じが拭《ぬぐ》えませんでした。心を癒《いや》すためとはいえ、現実の時間は容赦《ようしゃ》なく経っていきます。ずっとさらされていた敵意や悪意から守られてはいましたが……。

そして誰にも干渉されない代わりに、ここでは誰もが僕に無関心でした。新しい「家」

は本当の家なんかではないのです。では僕はどこにいたらいいのでしょうか。もといたところから追われ、新しい場所にも馴染《なじ》めない僕は、どこに行けば心安く暮らせるのでしょうか。

僕のネバーランドはどこにあるのでしょうか。

そんなとき、あの少女が現れたんです。

三

僕は夜中に目を覚ましました。

全身が汗だくになっていました。怖い夢を見ました。大きな武器を持って僕を部屋中引き摺《ず》りまわそうとする怪物から逃げようとして、すんでのところで狭くて暗い穴に入り込みました。ここならば怪物は入ってこられません。ここならば大丈夫……。

けれどずっと暗いところにいると、やがて外から楽しそうな笑い声が聞こえてきました。軽快な音楽が響いてきて、美味《おい》しそうなにおいも漂ってきます。天岩戸《あまのいわと》を開いたアマテラスのように、僕はうっかり顔を出してしまうんです。そうっと外の様子を窺《うかが》う僕の腕は掴まれて――。

「やっと出てきた」

僕の細くて折れそうな腕を掴む怪物の手は振り払えません。骨が軋《きし》むほどの力。人間の形をした怪物は反対の手に黒い袋を持っていて、そこから出した肉を食べています。それは兄でした。冷たい肉塊《にくかい》となった兄から、

「助けて」

と小さな声が聞こえます。

怪物の握力で僕の骨が折れる音。

怪物の口のなかで兄の骨が食《は》まれる音。

目を覚ました瞬間、叫びました。声が枯れるほど泣き叫びました。他にも眠る子がいるのに迷惑な話でしょう。けれど新人にはよくあることみたいで、誰も文句は言いませんでした。

真っ暗だった大部屋の明かりがつきます。誰かが先生を呼びます。

僕はこちらが「現実」とわかっても、声は勢いづいてしまって止まりません。叫びが溢《あふ》れてきます。涙と嗚咽《おえつ》に喉が痞《つか》えてひりひりと痛みます。すぐに先生がやってきて、別の

部屋に運ばれて、心が落ち着くまでそこで泣きます。

「僕は三番です。僕は三番です。助けてください」

頭が真っ白になって何もわからなくなっていても、僕は自らに与えられた「三番」という名前を守るうちはこちらの現実にいられると思い、番号を繰り返しました。


僕の夜泣きは、「家」に来た当初よりも日を過ごすうちにひどさを増していきました。だから一時期、大部屋ではなく別室で寝かされるようになりました。本当は眠りに落ちるときは他のたくさんの子と一緒がよかったのですが、午前一時や二時に大音量で起こされる他の子の睡眠時間を考えないわけにはまいりません。

(怖い夢を見なければいいのに)

眠るのが怖くなるほどでしたが、極端に体力がない僕はすぐに眠たくなってしまいます。全員が眠る大部屋を思いながら、大部屋から離れた和室の小部屋で僕は布団に入ります。

小部屋に移ってからは、眠れない日々が続きました。

夜更けになっても、目が冴《さ》えたままなのです。

最初は寝返りを打ったり、窓の外を眺めたりしました。鉄格子《てつごうし》の向こうに月明かり。この部屋は鉄格子があります。だから怪物は入ってこられません。僕を守ってくれています。

明かりをつけられないので本を読めないのが残念でした。そのうちに廊下に出ても、先生の部屋が遠いことに気づきました。この建物には未使用の部屋がたくさんあって、物置にしていた一部屋を急遽《きゅうきょ》僕用に空けたため、先生の部屋から距離があるのです。

廊下のずっと向こうの当直室。明かりが見えました。夜勤の先生がいるので、起きてはいるのでしょう。

（寝るのが怖い）

寝間着は冷や汗で貼りついていました。

和室から出て、廊下に誰もいないのを確認すると、僕は音を立てないよう廊下を歩きました。奥へ向かって。

奥行きのある建物には、入り口から奥のほうへ、長い廊下が一本真っ直ぐにとおっています。廊下の片側が部屋、片側が庭に面した窓です。

窓からは月明かりが差して、歩くのに不便はありません。建物の入り口、受付、応接の部屋や事務室、日々過ごす部屋、寝室、先生の控え室、運動用の部屋、いくつかの使わない部屋を挟んで、僕の隔離部屋。さらにいくつかの、炊事《すいじ》場や風呂、突き当たりにトイレ。

建物はこれで仕舞いです。

正確に言うと、子供たちが入ってもいい場所は突き当たりのトイレまでで、実は建物自体は続いています。突き当たりは実はL字。トイレは角にあり、曲がると「職員以外立ち入り禁止」の衝立《ついたて》、壁と壁を繋いで進路を塞《ふさ》ぐ金属の細い鎖、重低音をたてるボイラー室、倉庫、掃き出し窓があって、階段……。

いつか見た尖塔は、どこにあるのでしょうか。

最初はなんとなくトイレを目指していましたが、誰にも見つからないのをいいことに、僕は鎖をくぐりました。触れないように気をつけました。音を立てたら、先生に気づかれてしまうかもしれません。

鎖のこちら側は窓からの月明かりも心許なく、急に暗くなった感じがしました。けれど暗闇《くらやみ》は嫌いではありませんでした。僕が嫌いなのは外から聞こえる楽しそうな笑い声です。暗闇はどちらかというと僕を守ってくれます。

ひたひたと廊下を歩きます。

階段をあがったら、塔になっているのかを確かめようと思いました。僕は掃き出し窓の前を通り掛かりました。すると月明かりのもとで、中庭が広がっているのが見えました。奥行きのある建物のさらに奥には、芝生《しばふ》の敷かれた平たい中庭。そしてその向こうに真っ黒な森がざわざわと音を立て、そちらにも何かしらの建物があるようです。

ふと、不安になりました。

中庭の隅を歩いてくる「何か」を見つけた気がしたんです。

僕は目を凝《こ》らしました……あれは、見てはなりませんでした。

白い何か……少しずつ近づいてくるあれは、いったい何なのでしょうか。怪物ほどの大きさもなく小柄で白い……人間……？

その場に縫《ぬ》い付けられたように動けません。足はいつしか一歩も進めなくなっていました。がくがくと震える膝《ひざ》。立っているのがやっとでした。いいえ、白い人物が掃き出し窓の向こう側に立った瞬間に、僕は腰を抜かしてへたり込んでいました。汗で全身は濡《ぬ》れそぼち、けれどその白から目を離せません。

立っていたのは、少女……女の子です。

長い黒髪を結いもせず、白いワンピース姿で、膝から伸びた足は、けれど裸足《はだし》。月明かりを背にこちらを見下ろしていました。

心臓がばくばくと脈打ちます。

意識を失いそうでした。叫ぶことすらもできませんでした。なんとか現実へ戻ってこられたのは、少女が口を開いたからです。

少女は指で僕を指し示しながら、

「きみ、なんばん？」

と訊ねてきました。小声なのと、窓を隔《へだ》てているからか、少女の声はとても低く感じられました。まるで地の底から響いてくるようだと思いました。

少女からの質問を理解するには時間がかかりました。歯の根はいつまでも合いません。しばらくして僕はやっとの思いで、

「さ、三番」

と答えました。

そこで、少女が「家」の関係者だと思い至りました。番号は僕の名前ですし、名前はここでのすべてです。そのときすでに僕は三番という名前の少年になっていました。

しかし、少女の顔に見覚えがありません。「家」の仲間であれば、二十人しかおりません。全員の顔は覚えました。けれど少女のことは記憶にありません。

それに何時だかわかりませんがいまは真夜中。皆、寝ています。大部屋で寝る決まりだから、中庭をうろついているはずありません。僕は今の今まで中庭の存在だって知りませんでした。こんなところがあったなんて……広い場所を見るのは久しぶりです。日頃の運動も屋内ですから、保育園のように運動場には出ていません。「外の世界」は久しぶりだったのです。

これは僕の妄想なのでしょうか。兄の幽霊を見ていないにもかかわらず一緒に遊んだと

嘘を吐き、大人から顰蹙《ひんしゅく》を買いました。以来、何か特別なものが見えないだろうかと願っていました。だから幽霊が見えるようになったのでしょうか。

透き通る真っ白な肌は病的で、雪のようでした。いつか駅舎から眺めた白銀の夜を思わせる美しい少女でした。

「三番……」

少女は僕の名前を呼びました。くすぐったい響きがしました。

「じゃあ、違うね」

もったいつけるように残念がります。

「なにが?」

「次は、十二番だから」

少女はそう答えました。

僕には意味がわかりません。「じゃあ違う」というのは何なのか、次が十二番だとは、どういう意味なのでしょうか。

「君は何番なんですか」

「番号はないよ」

「えっ、じゃあ名前ないの?」

「番号は名前じゃないもん。番号は数だよ。三番、自分の名前、忘れちゃったの？」

すっかり三番という名前に馴染んでいた僕は、最初に与えられたほうの名前を思い出しました。使わなかったため、忘れそうになっていました。

言ってはならない決まりです。

口に出しそうになって口を覆いました。少女は笑いました。

「でも、忘れちゃだめだよ」

怪訝《けげん》な顔をする僕を横目に、少女は得意げに「ばいばい」と言って、去っていきました。

本当にわけがわかりませんでした。少女はいったい何が言いたかったのでしょうか。

しんと静まり返った廊下でひとりで座り込み、中庭を眺めているうちに、はっと我に返りました。少し夢を見ていたのだと思いました。

これは夢なのです、きっと。

僕は不思議な少女の夢を見たんです。

そう思い、部屋へと戻りました。小部屋ではなく、大部屋のほうへ行きました。流石にひとりで眠るのはもう怖かったんです。それに今から寝れば、怖い夢は見ないのではないか……そんな気がしていました。

布団がたくさん並べられている大部屋は、細い寝息と歯軋《はぎし》り、寝返り、衣擦《きぬず》れの音がして、安寧《あんねい》な場所でした。僕は部屋の端《はし》に寄せてあった予備の布団を敷《し》いて、包《くる》まりました。

僕を含んで二十人ぴったりです。欠けているひとはありません。

（どこから来たんだろう……あの建物かな。あそこにもひとがいるんだ……）

少女について、布団のなかで僕は考えました。森のなかに佇《たたず》む建物がありました。あそこにも誰かが暮らしているのでしょう。偶々《たまたま》、中庭で居合わせたのでしょう。真夜中に散歩でもしていたのでしょうか。ふらふらと出歩けるものなのでしょうか。自分も遠からず、そんな感じですから、似たもの同士なのかもしれません。

番号札は、枕元に置きました。「三番」。この建物……冷たくて淡々としているここにいるあいだ、僕は三番以外の何者にもなれません。けれど……少女は忘れてはいけないと言いました。本当の名前を。与えられた番号はただの数字でしかないと。

あの少女が言った意味を、僕は翌日に知ることとなりました。

朝起きると、「十二番」がいなくなっていたのです。

四

『次は、十二番』。

あの少女はたしかにそう言いました。

そして少女の言《げん》のとおり、十二番はいなくなりました。ずっと南の国からやってきた、手足の長い少女でした。不自然なほど明るく快活で、若い男の先生のことが好きで、始終まとわりついていた記憶があります。

その十二番が、突然搔《か》き消えてしまったのです。

そしてもうひとつ僕を混乱させたことがあります。それは、十二番の姿を誰ひとりとして探さず、まるで最初からいなかったかのように、みんなして普段どおりに過ごしている点です。

その理由は、すぐ知るところとなりました。八番が教えてくれたんです。誰にも訊ねられなくて困っているところに、そっと耳打ちしてくれました。

たぶん八番自身にも僕のように困惑した覚えがあったのでしょう。

「十二番なら、出て行っただけだよ」

「出て行った？」

「うん」

「どうして」

「どうしてって……どういう理由で出て行くのかは知らんけど……親が改心して迎えに来るなり、他に引き取り手が見つかるなりするんじゃないの」

僕は言葉を失《な》くしました。「家」で過ごして数カ月しか経っていませんが、すでに母親の顔を思い出せなくなっていました。父親の顔はもとより知りません。母親の恋人の顔は、夢のなかで僕の腕を摑み、兄をぼりぼりと食べている怪物と同じ顔をしています。

「こういう風に、急にいなくなるんだ。そういう決まりだから……。だから、みんないちいち騒いだりしないだけ。いなくなる日よりもずっと前に決まってるけど、わざわざ言わないんだ」

僕はやっと納得できました。

少女はおそらく何らかの理由で、十二番がいなくなることを前もって知っていたんです。僕を驚かせるために、あたかも予言でもしたかのように語ったんでしょう。

僕は出て行った「十二番」のことを思いました。

十二番は、本当の名前に戻ったのでしょうか。

あの少女が言いたかったのは、いずれもとの名前に戻る日が来るから忘れてはならないということなのでしょうか。

十二番は出て行くことで幸せになるのでしょうか。

思い出そうとしたのに……もう、顔を思い出せませんでした。どんな子だったっけ……けれど、上手く浮かばないのです。どんな顔をしていたのか……。

「二度と会えないのに……」

「そうでもないと思うけど」

「え？」

「出たり入ったりしてるひとも見かけるもん。同じひとなのに、前は二番で出て行って、戻ってきて十番で、また出て行って、戻ってきて二十番、みたいなひと」

次々と繰り出される数字に、僕は目が回りそうでした。八番は数年ここで暮らしているので、頻繁に出入りする人物をもよく覚えているのだそうです。

思えば、八番とこれほど長い会話をするのは、初めてのことでした。

「はちば……お兄ちゃんは、出て行ったりするの？」

そして僕もまた、いずれ「家」を去る日が？

出て行くとしたら、次はどこへ行くのでしょうか。もとに戻るくらいならばこのままがいいと思いました。ここにいると寂しい気持ちになりますが、もとに戻れば死んでしまうかもしれません。それならば、寂しいだけのほうがずっといいです。人間は寂しさでは死なないのですから。

「もしお母さんが呼んでくれたら……行くけど……」

「お母さんが？」

「ほとんど会ったことないから、よくわかんない。いつか迎えに行きたいって手紙が来たことがあるくらいで」

普段しっかりしている八番の複雑な表情が新鮮に思えました。嬉しいのか、それとも不安なのか——自分でもどちらなのかわからない、と言いました。

しばらくふたりで話したところによると、長男だった八番が生まれてすぐに祖父母と父が八番の母親を追い出してしまったそうです。それで母親と会えなくなったとか……。けれど父が後妻を迎えて、八番は冷遇されることとなったのでした。八番と弟は母親が違うそうです。

「だから、三番はおれのことお兄ちゃんだなんて呼ばなくていいよ。おれ、弟いないし」

冷遇された八番と、優遇された弟。兄弟とは思っていなかったと言いました。誰も兄弟扱いをしなかったそうです。

八番が家族と思えるひとは、どこかにいる母親ひとりだけでした。顔さえも覚えていない母親。どんな女性なのかもわからない。そんな不安があったとしても、かすかな希望なのでしょう。

その話を聞いた僕には、希望という存在が羨《うらや》ましくてなりませんでした。けれどそれ以上に、僕は八番に対して親近感を抱いていました。八番がそつなくなんでもこなすのは、そうせざるをえなかったからでしょう。着替えるのが早いのも食べるのが早いのも、先生に文句ひとつ言わずに僕の世話を焼くのも、勉強ができるのも、なんでもひとりでできる理由は、なんでもひとりでこなしてきたからです。

「早くお母さんに会えるといいね」

心からそう言いました。僕は自分の幸せばかりに気をとられ、誰かの幸せを願うのは初めてのことでした。すると八番は思いがけないといった様子で照れ臭そうに後ろ頭を搔きました。

「でも、生まれてからずっと会ってなかったわけだから、顔も覚えてないんだろうなあ、おれのこと」

「大丈夫だよ」

希望は正直なところ、羨ましくてなりません。希望を持つことは僕には許されませんでした。僕にとって親という存在は絶望の象徴でしたから。

五

少女とはふたたび会いました。

十二番がいなくなった一週間後のことです。小部屋で眠れない夜を過ごす僕は、夜毎《ごと》、建物内の探検に赴《おもむ》きました。先生が目を光らせている日中は、建物のなかを自由に歩き回れません。見回り対策に布団を盛り上げて、僕は部屋を出ます。僕は「泣き叫びながら起きる」ものだと認識されているため、布団のなかで丸まっているうちはそこにいるものだと思わせることができるのです。

トイレへ行くふりをして尖塔探しをするべく、掃き出し窓を通り掛かると……少女。立っていました。もう、心臓が止まるかと思いました。

「さんばん」

幼い少女のものにしては、やはり低い声でした。少女は嫌がらせで、僕を怖がらせようとしているに違いありません。長い髪、白いワンピース、中庭を歩いてきた裸足、すべてが前回に会ったときと同じです。

「番号がないんだったら、君をなんて呼べばいいの」

「名前でいいよ」

「ここでは僕は、ひとに名前を訊いてはいけないから……」

同行者との約束を守らなければなりません。

「えー、なにそれ」

「約束したんだ。ひとに訊かないし、訊かれても答えないって」

「ひどい話だね」

「そうなのかな」

「そうだよ。まあここの大人はみんなひどいけどね。わたしだってこんなにも空きを待ってるのに、空いたらこっちに来させてくれるって言ってたのに、十二番も先に決まっちゃったし、最悪」

話をしてみると、少女はおしゃべりでした。

少女の言うとおり、十二番は空きました。そして近々、新しい十二番が現れるのでしょう。空白の十二番には、新しい子が割り当てられるのです。僕もきっとそうして、去った三番の代わりに新たな三番になったのです。

「君は、どうしてそんなことを知ってるの？」

「わたし、未来がわかっちゃうから」

「未来が？　先のことがわかるの？」

「そうそう。厳密にいうとわたしがわかるわけじゃないけど」

「どういうこと？」

「幽霊が教えてくれるんだよ」

「君は、幽霊なの？」

「どうしてそうなるの？」

「じゃあ人間？」

そう訊ねたときだけ、少女の表情が曇《くも》りました。

「わたしは……自分が人間だと思いたいんだけど……どう？　人間に見える？」

そうして窓の向こう、少女はくるりと一回転しました。まるでバレリーナやダンサーのように、華麗《かれい》な動作でした。ワンピースの裾がふわりと空気をはらみ、少女は得意そうに微笑《ほほえ》みます。そのまま少し踊りました。

「人間にも見えるけど、幽霊みたいにも見える」

今宵《こよい》は月が明るく、窓の外はきれいな青に染まっていました。少女自体は本物の人間のように思えましたが、置かれた状況がいかにも非現実的だから、少女が幽霊でないと説明がつかないと思えました。どうして僕はこんなところで、こんな風に誰かと話をしているのだろう……とぼんやり考えました。

生まれたところからずっと離れ、家でも居場所でもないところで、真夜中、見知らぬ幽霊少女の踊りを眺めているだなんて。

「教えてあげよう。次は九番」

少女はふたたび予言しました。そして僕が引き止めるのも聞かず、中庭へと歩いていきます。向こうには森と建物。彼女はそちらに帰るのか、あるいは他にも建物があるのでしょうか。それとも外の世界の人間なのでしょうか。

六

翌朝、九番はいなくなっていました。

けれど、誰もが触れません。いなくなるのは僕ら子供にとって一応は喜ばしいことであり、希望です。少なくとも僕以外の子供にとって、外に出られる日は希望の日でした。内心不安を抱えていたとしても、明るい道に続いていると信じていました。

「次は十六番」

九番に続いて、少女は十六番を予言しました。十六番は消えました。僕はいつしか毎晩のように起き出して、少女のいる窓へと向かうようになっていました。

「次は二十番」

翌朝、二十番は消えました。

彼女の予言は正確に当たり、一切外れません。

本当に予言なのか、僕はいまだに半信半疑でした。少女はもったいぶった調子で得意気に教えてくれるのですが、どこかで情報を仕入れているのだろう……と勝手に思っていました。少女に会いに行っていた理由はもしかしたら、僕自身が呼ばれるかを確かめたかったのかもしれません。

番号の予言だけでなく、他愛もない会話もしました。窓硝子《ガラス》越しに背中を合わせ、何の変哲もないただの会話を交わすんです。先生の愚痴《ぐち》や、他の番号の子供について。八番についても語りました。廊下に座り込んで、少しの隔たりが冷たく背に触れて、ふたりだけの青い世界に僕は足を投げ出します。

「ねえ、どこから来たの？」

少女の静かな声。

「東京」

「東京生まれなの？」

「うん」

僕にとって何の思い出もなくなってしまった生まれ故郷でした。

「都会っこなんだね、いいな」

「いいのかなあ。君は？」

「生まれてからずっとここ」

「え、本当？」

「どうでしょう？」

「えー、嘘なの？　本当は？」

「それより、東京での話、聞かせてよ。ねえ、三番は、兄弟はいたの？」

他の誰もあえて訊いてこなかったことを少女は躊躇《ためら》いなく訊ねてきました。そのとき僕は本当に少女がここで生まれ育った可能性を感じました。余所《よそ》からここへ来た子供は皆それぞれ複雑な事情を抱えているため、他者を無闇に詮索《せんさく》しません。

けれどもしかしたら、僕は訊ねられたかったのかもしれません。

「お兄ちゃんがひとり」

僕のなかには、それこそ寂しくなるほどたくさんの記憶があったでしょうに、もう半年以上も過ぎていたせいか、兄を思い出すのには苦労しました。しかし忘れたくなかったのです。だからあんなにも苦しい夢を見るのでしょう。助けられなかった可哀相《かわいそう》な兄。僕にとっての兄の記憶はもはや、黒いゴミ袋のなかから聞こえる「助けて」というか細い声だけです。

「お兄ちゃんとは離れたの？　ここにいるの？」

「ううん。天国にいる」

「どんなひとだったの？」

「……わからなくなってきちゃった。死んじゃったから、忘れかけてる」

「死んだらそのひとのこと忘れるの？」

「顔が思い出せないんだよ」

兄を思い出そうとすると、八番の顔すらもちらつきました。八番とはあの一件をきっかけに打ち解けていきました。最初は不慣れだった「お兄ちゃん」も呼ぶうちに馴染みます。本当の兄だと思ってはいなくても、元来世話焼きである八番の振る舞いは、兄貴分として十分でした。

「他の誰かが死んでも、忘れてしまう？」

「……たぶん。僕、あんまり覚えてられないんだもの」

「まあ、自分の名前やお兄ちゃんのことも忘れちゃうくらいだもんね」

「だって忘れたほうが幸せなこともあるでしょ」

本当の名前を忘れなければ、ここにはいられません。

「いつか、後悔するよ」

少女は言いました。僕は振り返り、少女を見つめました。きれいな子だからこの子のことはしばらくは忘れないだろうと思いました。幼い少年でも緊張してしまうくらい、美しい面立ちでした。

「それって予言?」

「うん」

「君のこと、なんて呼べばいいの?」

約束を守ると決めた以上、僕から名前を訊ねるわけにはいきません。番号がないならば名前を知るしかありませんが、直接的に訊くわけにはいきません。

「またいつか、覚えておいてくれるんだったら教えてあげる」

そう言って少女は去っていきました。

七

ある日、八番から呼び出されました。

「夜中にどっか行ってない？」

八番は世話焼きで、皆に目を配っています。僕の睡眠についても気にかけてくれていたのでしょう。僕はいまだに別室で眠っていますが、トイレに行く際にでも、僕が出歩いているのを見かけたのでしょうか。少女との密会も知られているんでしょうか。

「どうして？」

「部屋にいなかったから」

ということは、少なくとも少女の存在はまだ知られていないのでしょう。

少女のことを誰にも知られるべきではないと承知していました。真夜中の逢引《あいび》きを他人に知られてからかわれたり、もう会えなくなるのは嫌でした。八番を相手に嘘を吐くのは大変でしたが、僕は言い切りました。

「行ってないよ。トイレくらい」

咄嗟《とっさ》にそう答えましたが、八番は腕組みをして僕を見つめました。すべてお見通しだと言いたげな視線にさらされて、ぶちまけてしまいたい衝動に駆られました。

「ほんとのこと言えば。黙っておいてやるから」

八番は納得しませんでした。

「べつに……」

「先生に言いつけるぞ」

それは困りました。出歩いていることが知られて、監視されるようにでもなったら夜中に出歩けなくなる――つまり少女に会えなくなります。

八番の意地悪には困りました。しかし少女の存在を暴かれるのはさらに困ることになります。

「実は……トイレじゃない」

僕は白状しました。

そして嘘を吐きました。僕は嘘の吐き方を覚えていました。

嘘はたったひとつだけにすること。自分がこれから嘘を吐くと決意し、ずっと覚えておくこと。何があっても貫くこと。ずっと一生、嘘を吐き続けること。

――嘘っていうのは、そんな風に覚悟があるやつしか吐いちゃいけないんだよ――。

他愛もない嘘を吐いた僕への躾のため、湯船にはった水に何度も何度も僕を沈めながら、母親の恋人が嬉しそうに言ったのです。

僕はゆっくりと答えました。

「怖い夢を見て寝られないから……倉庫に入ってるんだ。ほら、鎖の向こうの……本当は行っちゃいけないいんだけど」

やってはいけないことをしています……という告白が、説得力を生みます。

怖い夢にうなされて飛び起きる前科のある僕だから、寝られないというのは信憑《しんぴょう》性があります。倉庫も存在します。細い鎖の向こうは立ち入り禁止です。行ってはいけません。

倉庫には入室禁止の張り紙がしてあります。なんだかんだいって、入ってはいけないところに子供は行きたがるものです。危険な品も多いので先生に叱られるひとも何度か見ました。ならば鍵でも掛けておけばいいのに。

八番は僕を連れて、倉庫へ行きました。普段は先生に見つかりやすいのですが……。

「いったいここに何があるんだよ」

ちょうど、体育用として長く使っていたけれど古びて引退したらしい跳び箱が、奥の壁際にありました。

白い布を張ったいちばん上の段は簡単に取り払うことができ、内側には人ひとりくらいなら入れそうです。跳び箱の周囲にはたくさんの荷物が山積みとなっていて、跳び箱は誰にも見つからない死角となっていました。この部屋は先生たちも、荷物を積むばかりで片づけないのです。

「このなかに隠れたりして……」

「はあ」

「ほら、静かでしょう」

そしてなかは静寂に満たされていました。

僕は実際にこの場所を見て、まるで僕がいそうな場所だと感じ、安堵《あんど》しました。八番は納得してくれました。

「まだ怖い夢見るわけ？」

「うん。ごめんね、うるさくして」

「他の部屋で寝るの、寂しい？」

「でも、僕がいると起こされて迷惑でしょう」

「三番だけ可哀相だよ。大部屋だったらひとがいるじゃん」

「うん……」

実は、すでに先生からは「飛び起きることもなくなったから、大部屋に戻っては？」と打診がありました。「まだ迷惑をかけてしまうかもしれないから」と断っているのです。

八番は珍しく沈黙したあと、後ろめたさによって黙りこくっている僕に、そうっと秘密を告げました。

「あのさ、実は内緒にしとけって言われたんだけど」

予感がしました。おそらくいま倉庫にいるのは、僕たちがふたりきりになるためだったのです。

八番は言いました。

「実は、お母さんが引き取ってくれることになったんだ」

やはりそういう話でした。

「そうなんだ」

八番は、高揚していました。僕の複雑な心境には気づいていない様子でした。

「会いに来てくれたこともないし、お互い顔も知らないのに、また一緒に暮らせるものなのかな。それにしても、こういうのって、急に決まるみたいだ。今朝、先生に言われたんだ。誰にも気づかれないように荷物をまとめて、今晩のうちに自分で出て行くってルールなんだって」

八番は抱えている不安を勢いよく吐露《とろ》し、しかし嬉しそうでもありました。

「お母さんが……」

停留所へ来るバスに乗って、町へ行くのだと言いました。手順などが書かれた紙は手荷物のなかに用意されているので、紙に従って、自分の足で行くのだそうです。

八番はそう言って、張り切りました。

「長いこと会ってないから、こんなに大きくなってて、きっと驚くだろうな」

なんだかんだと交流をした八番がいなくなるのは、寂しいものがありました。けれど、同時に嬉しさもありました。向かう場所が「幸せな所」かどうかはわかりませんが、その可能性は高いし、それに今度こそ僕は「さよなら」を言えるのでしょう。この新しい「お兄ちゃん」に。

八番は僕を見て笑いました。

「泣くなよ。ばれるだろ。出て行くこと、誰にも言っちゃだめって言われてたんだから。特に三番のことは……。おれが気にしてたから、絶対言っちゃだめだって。お互いにそのほうがいいからって」

「それなのに、言ってくれてありがとう」

「うん。おれ、三番とこうして話せてよかったよ。置いていくのは心配だよ。のんびり屋だから」

「うん」

「おれたちさ、似たもの同士なんだ。お互いに苦労したじゃん」

苦労の果てに縁あって「家」へ来て、無理矢理兄弟をさせられました。それもいつか忘れてしまうのでしょうか。後悔するのでしょうか。少女の言葉が蘇《よみがえ》ります。忘れてしまいたくありません。

「三番、外に出たら会いに来てよ」

「うん。八番に会いに行くよ」

そうして、お互いに泣きながら、八番は僕の耳元で秘密を明かしました。僕は八番の秘密を知りました。おそらく八番もこの「家」の約束を交わしているはずです。

前の名前は忘れること。他のひとに訊ねられても答えてはいけないし訊ね返してもいけない。口に出してはいけない。禁忌《きんき》だと。

けれどたいせつな繋がりでした。

「早く大人になってさ。どこかに家でも建てとくよ」

八番が言いました。

僕が「家」を出る日はいつになるかわかりません。ずっと大人になってからかもしれないし、明日かもしれません。

やがて自分ひとりの力で歩いていけるようになって、秘密を頼りに八番に会いに行ったとき、番号で呼ばれるのではなく本当の名前を使って生きている彼に再会するのでしょう。

そのときにお互いが、幸せに暮らしているといい。

「そうしたら、おれ、三番にすぐに連絡するよ。一緒に暮らそう。家族になろう」

どうか、八番が幸せになりますように。

僕は八番がここを出て幸せになるのを心から願いました。ひとりぼっち同士の僕たちがいつか辿り着ける場所がありますように。

僕にとって絶望の象徴だった家族という繋がりが、希望の光に変わった瞬間でした。この力を胸に、これから生きられる気がしました。

八

真夜中。

少女が現れました。窓硝子ごしに、いつもと同じ格好でした。他愛もない話をしたあと、いつもどおり予言しました。

「次は八番」

嬉しそうにそう言いました。しかし僕はその事実を知っており、驚きはありません。

「わかってるよ」

と言うと、少女はさらに嬉しそうな顔をしました。

「どうしてそんなに嬉しそうなの」

僕は少し不貞腐れていました。八番との日々を思い返して、感傷的な気分だったのです。

「じゃあ、これは知ってる?」

少女はワンピースのポケットから、なにかを取り出しました。僕に向かって、それを見せました。それは、四角くて硬いプラスチックケースに入っていて、達筆で、「八」と大きく書かれていました。

「これ、八番の……」

それは番号札でした。僕の胸にもつけてある、僕たちの存在証明です。八番が八番たるものでした。

「次の八番、もう決まってるって」

「まさか……」

「そう、わたし」

「そんな……」

いつか自分で言ったみたいに、僕は八番を忘れるのでしょうか。

それも、そんなに日も経たずに、顔すら忘れてしまうのでしょうか。

「まあまあ、前のひとのことなんて、すぐ忘れられるって」

番号を手にした少女は嬉しそうです。

「嫌だ……」

「え？」

「八番は……嫌だよ。忘れたくないんだ」

僕は、まるで少女が八番を乗っ取るみたいに感じました。

「やめてよ。少しのあいだだけでいい。八番を、使わないで。お願いだから……」

僕は、ついに掃き出し窓を開けました。内側からの鍵を解錠《かいじょう》し、少女へと近づきました。けれど、少女は僕をさらりとかわし、建物のなかに入りました。「あっ」と声をあげて窓に縋《すが》りつきましたが、すでに施錠されていました。

「ひどい。開けてよ」

「探検してくるね」

少女は八番札をポケットに仕舞い、僕を取り残して、駆けていきました。スカートが翻《ひるがえ》り、あっという間に見えなくなりました。

どこへ行ったのか、すぐにわからなくなりました。

九

外に放り出された僕は、焦りながらも冷静に考えました。建物の構造など熟知しているというのに、真夜中になるだけでどうして、まるで別の建物のように思えるのでしょうか。暗闇から敵意が感じられるのは、なぜなのでしょうか。

僕を守ってくれる存在だったのに。

やっとのことでトイレの小窓が開けっ放しになっているという事実を思い出しました。とにかく早く戻らなければなりません。少女を見つけて、あの札を返してもらいたいのです。どうにかして、八番以外の札にしてもらえないものでしょうか。

トイレの小窓から、僕は必死でなかに入りました。入った瞬間、ほっとしました。外に締め出されるのは、ずいぶん怖い経験でした。

さて、少女を探さなければなりません。トイレを出て、僕たちが密会していた掃き出し窓のところに行きましたが、誰もいませんでした。

まだ探検しているのでしょうか。僕は少女の名前を知らないし、この静けさではたとえ知っていたとしても、呼ぶことはなりません。かといって八番と呼ぶなど、とてもできません。黙って歩き始めました。裸足だったので、ぺたぺたという音がしました。それを極力たてないよう、注意しました。

倉庫の前に辿り着き、そうっとドアを開けました。

ひとの気配がするというのはこのことなのでしょう。

室内には誰かがいました。

けれどどこにいるのかはわかりませんでした。

ゆっくりと忍び入りました。窓から差し込む月明かりのおかげで、物の位置だけかろうじてわかります。けれどひとの姿は見えません。どこかに隠れているのでしょう。

やがて僕は、床の上に落ちている八番の札を見つけました。きっと探検するうちに少女が落としたのです。

そして跳び箱のいちばん上の段が僅《わず》かにずれていると気づきました。白い布の張った最上段が、数センチずれているのです。

今日、倉庫を出るときにきちんと閉じたはずなのに。

なかからは強烈なひとの気配が漂っていました。僕を驚かそうと、少女が隠れているのでしょう。僕は絶対に気づかれないよう、息を殺しました。

さあ、どうしましょうか。

少女を探すうち、僕を困らせる少女への怒りがふつふつとわきあがっていました。

僕は手近にあった重たい箱を、跳び箱の上にそうっと置きました。向こうからは僕が何をしているのか、想像つかないのでしょう。小さく身動《みじろ》ぎをする音はありましたが、飛び出したり暴れたりはしませんでした。

古びた布があったので、ゆっくりと広げ、跳び箱をすっぽりと覆うように被せました。分厚くて白い、テント用の布でした。

これで音は漏《も》れないでしょう。さらに傍にあった荷物を、丁寧《ていねい》に重ねていきました。いつしか、ここに跳び箱があったことなどわからないほどのタワーができ、跳び箱の姿は荷物の底に消えていました。こうなると、閉じこめられた状態から抜け出すことはできません。

ほんの少しだけ、くぐもった低い声が聞こえた気がしました。

けれど、聞こえなかったことにしました。

僕には、八番の札のほうが大事でした。倉庫を出て大部屋に戻りました。大部屋は相変わらず安寧な場所でした。疲れていた僕は、すぐに眠りにつきました。

翌朝。

よく晴れていました。

当然ながら、僕が兄と慕った八番はいなくなっていました。彼自身が言っていたのと、少女の予言のとおりでした。

けれど彼が長く使った八番の札さえあれば、僕は大丈夫でした。この札を死守したためなのかわかりませんけれど、あの夜にけっきょく見つからなかった少女は、どれほど待っても、「家」には来ませんでした。

じきに八番の札は新しく誂《あつら》えられ、数カ月後、まったく別の人物が八番となりました。古い八番札を僕はこっそり持ち、ずっとずっとたいせつにしました。

しばらくして「家」は立《た》ち退《の》き要請があって、移転をしました。別の県の山中にまた似たような建物を作り、そちらへ移動したんです。それからも何年かに一度、移転をしました。

そうこうするうち、やがて僕は大人になりました。

けっきょく僕を引き取ってくれる人物は現れませんでした。十八歳になったら成年とみなされ、僅かなお金を渡されて、「家」の外へ出されました。出て行くときにも八番の札を持って出ましたが、三番の札は置いて出ました。次のひとが使うのだから、仕方ありません。

八番の札は、あの「家」に来たときには何も持っていなかった僕が、十年以上を過ごして手に入れた、唯一の宝物です。

外へ出て本当の名前を取り戻してから、とても生きづらい人生となりました。三番であった時期のほうが長く、本当の名前なんか、馴染みがありません。まるで別人のもののように感じられました。

僕が外に出た日――冷たい雪の日でした。日中にもかかわらず雪雲がどんよりと山を覆い、白雪が降り注ぎ、「家」は白い眠りについていました。明け方、僕は自分の足で外へ出ました。無愛想な運転手のバスに乗り、都会へ出ると雨になりました。


あれから「家」には戻っていません。

十

あの「家」はまだあるのでしょうか。

「家」について調べたことがありました。山中で子供を集めている施設……助けられた僕からすると、慈善《じぜん》事業だったのですが……誤解していました。あの「家」は……実は、宗教団体の一施設だったんです。それも、相当怪しげな……。

どういう怪しさかというと、霊感商法とでもいうのでしょうか。霊感とか異能力で他人を謀《たばか》るといった動きがありました。

千里眼《せんりがん》を持つ少女だとか、幽霊と遊ぶ少年だとか……。

幽霊と遊ぶ少年。

まるでどこかで聞いた話のようです。

もちろん、嘘だったのですが。

そう、あの「家」は、不幸な子供のための居場所ではありませんでした。あそこは「不幸な」ではなく、「不気味な」子供のための居場所でした。鈍臭くて嘘吐きなだけだった僕の居場所ではありませんでした。居心地が悪かったわけです。

あれから、ずいぶん長い時間が経ってしまいました。

八番が「家」を出たあとどのように暮らしたのかは、わかりませんでした。彼は一度も、「家」に戻ってはきませんでしたから。しかし札を持っていた僕は、札を介して、彼の幸せを願っていました。彼はきっと幸せになっていると、信じていました。

だから、さいきんになって彼の消息を知り、すべてが間違っていた可能性に思い至り、こうしてどうしようもない気持ちを抱えているのです。

先日、殺人事件がありました。なんでも、ある男が女優を誘拐して殺したとか……そして犯人はそのまま自殺したんです。

報道で見た……犯人の名前は……八番の本当の名前だったように思うのです。

いいえ、絶対にそうです。

記憶の奥底に眠っていた八番の秘密が、浮かび上がってきたのです。間違っているはずがありません。生い立ちが明かされていて、合致していました。

生まれてすぐに両親が離婚して父子《ふし》家庭となり、父親が再婚して弟ができ、僕と出会った「家」へ預けられたあと、本当の母親に引き取られたという複雑な生い立ちです。

……この生い立ちは、彼に間違いはないでしょう。

けれども、顔が――。

顔が違うのです。

八番の面影がないのです。

有り得るでしょうか。

ニュース番組のなかで自死した犯人だといって映されたのは、中学校の卒業アルバムでした。その顔が彼ではないのです。じゃあ誰なんだって？

あれは――。

あの夜に消えてしまった少女でした。

どうして、そんなことが起きたのでしょう。僕は必死に考えました。そして、ひとつの結論に至りました。

少女は八番の代わりに施設に入ろうとしていました。しかし彼女は「家」へやってきませんでした。つまり――八番の代わりに、八番が一度も会ったことがなかったという母親のところに引き取られていったのではないでしょうか。

それが可能かどうかはさておき、実際にそうなっているわけです。八番は、母親は自分の顔など覚えてないだろうと言っていました。生まれてすぐに別れたから、忘れていても仕方ありません。

少女は彼と入れ替わったのでしょう。本当の意味で、八番になったのです。成り代わったのです。

じゃあ夜に僕と会っていたとき、自身の性別を偽《いつわ》っていたのでしょうか。そうかもしれません。少女にしては声が低いと感じた記憶があります。実は少年だったとしても納得できます。

そして、もうひとつ気になっていることがあります。

あの晩のことです。

あの晩——僕が、跳び箱のなかに閉じこめたのは？


——家族になろう。


八番の声が蘇ります。僕の記憶は鮮明です。彼と過ごした僅かな時間。些細《ささい》なかかわり。けれど克明《こくめい》に思い出せます。まるで、罰のように。

本物の八番はどこへ？

八番はこの世界のいったいどこで、僕の訪れを待っているのでしょうか。「家」は移転しました。跳び箱は処分されているでしょう。

本物の八番は……。

どうか、どこでもいい。彼がどこかで生きてさえいてくれたら、どこでもいいんです。

灰の箱

一

そこは、田舎《いなか》にある古い家でした。

高い塀で囲まれた真四角の広い敷地のなかに、なだらかな丘や雑木林や小川までもあり、すべてが草むらに覆《おお》われていて、一日中探検をしても飽きません。もともとは母方の祖父母の持ち物でしたが、祖父母が亡くなってしまい、母が相続しました。

幼いころ、母と姉と一緒に、僕はそこへ引っ越してきました。

母屋《おもや》や離れなどの家屋は、広い敷地内の南の角に位置していました。そこからいちばん遠い北の角にひっそり眠っていた焼却炉《しょうきゃくろ》を発見したのは、当時の探検隊隊長――つまり死んだ姉のことです。

ずいぶん古い話になります。

ある日のことです。

敷地を探検するとき、姉はいつも僕の前を歩きました。僕は姉の後ろをひたすらついていきました。ずっと続いていた、背丈ほども高さのある草むらがやっと途切れて、僕たちはぽっかりとひらいた広場のようなところに出ました。そこで、姉がぴたりと足を止めました。いつも急に止まるから、背中へぶつかりそうになります。

「お姉ちゃん？」

僕も慌てて足を止め、問いかけました。

そうして姉の視線の先を確かめると、広場の中央に見慣れないものを見つけました。なにか置物があるようです。赤煉瓦《れんが》でできた、一メートル四方くらいの大きさの箱状のものが、地面に貼りつくようにして建っていました。

「なにあれ？」

僕は訊《たず》ねました。初めて見る不思議な置物でした。小屋というには背が低く、堅牢《けんろう》な造りだと思いました。

四方が赤煉瓦で、正面には金属でできた横向きの蓋《ふた》がついていました。真上に、真っ黒に煤《すす》けた煙突が高く伸びています。全体が古びていて、黄緑色に変色した蔦《つた》が縦横無尽に絡まっていました。

いったい何なのか、僕は知りませんでした。

「ショーキャクロってやつだよ」

と、姉は答えました。

「しょうきゃくろ……」

それは僕の目に、五月のさわやかな自然のなかで、ひっそりと眠っているように見えました。

「学校にあるよ」

姉はちょうど、小学校にあがったばかりでした。僕はふたつ年下で幼稚園に通っていましたが、ショーキャクロを幼稚園で見たことはありませんでした。

「なになの？」

「ごみ燃やすやつ」

ごみは捨てるものだと思っていたので、燃やすとは初めて知りました。

その焼却炉は、いったいいつごろから使われなくなったのでしょうか。誰かの手で封じてありました。といっても、ちょっと太めの角材を金属の蓋の持ち手に渡して、ロープで簡単に縛ってあるだけの、極めて簡素な封印でした。

ここには屋根もなく、長年風雨にさらされています。角材もロープも雨水を吸って乾燥してを繰り返し――腐《くさ》って朽ち、ぐったりと力尽きていました。それらがかろうじてとどまっているのは、触れるひとがいなかったからというだけでした。

姉は、ずんずんと焼却炉に近づいていきました。

このように僕たちが探検ごっこをする際、最初に行動するのは、常に活発な姉のほうでした。引きこもりがちな僕はいつも何かと足踏みをします。そもそも探検に行くことですら渋ります。そのくせ姉がのちにピアノを習いはじめ、探検に誘ってくれなくなってからは、身勝手ながら無性に寂しくなったものですが。

「そういえば……お母さんが言ってた気がする」

僕は、ここへ引っ越してくるときに母から聞かされた言葉を思い出し、姉に言いました。

そのへんに落ちている枯れ木の強度を確かめながら、姉は問い返してきました。

「なんて?」

「どこかに、イドとショーキャクロがあるけど、見つけても触らないようにって」

母から注意されたときは、イドの意味もショーキャクロの意味もわかりませんでした。

「それは何か」と訊ねたかどうかは覚えていませんが、母からの言葉だけが僕のなかに残っていました。ですが、たしかそのときには、姉も一緒にいたはずなのですが……。

「そうだっけ?」

と、姉はとぼけました。

「お姉ちゃん、イドっていうのは何?」

この際だからと僕は訊ねました。

「水を汲《く》むやつ」

姉は言いました。僕は首を傾《かし》げ、ここまでの道のりを思い起こしました。

「そんなの、あったっけ？　どこにあるんだろう？」

引っ越してからそれほど日は経っておらず、まだまだ未開の地が残されていました。姉は、

「これ終わったらさがそっか」

と言いました。

母の忠告むなしく、姉は、悪事を率先して行う主義でした。具合の良い枯れ枝を見つけると、早速、焼却炉の蓋を取り外しにかかります。僕は作業する姉の周りをうろうろしました。

「ねえ、でも触っちゃだめなんじゃないの？」

ちょっと不安になってきて臆病風《おくびょうかぜ》を吹かせると、姉から疎《うと》ましそうな顔をされてしまいました。

けれどなんとなく、自然のなかで長らく冬眠していた大型動物を無理に起こすかのような――そんな感じがして、どうにも不安なのです。しかしながら、姉は僕の訴えなど聞き

入れてくれやしません。枯れ枝の先端で突くと、ロープは簡単に解け、角材はほろほろと崩れました。錆《さ》びついた持ち手に枝を渡し、姉は蓋を開けました。そのときの、肌がぞわりとする感覚をよく覚えています。

「やめようよ」

袖《そで》を引いてみましたが、姉はやめてくれません。

「怖がりだなー」

と僕をからかいます。

「だってお母さんに叱られるよ。それに……何か、いるかも。何もいない？」

開いた蓋のなかを、僕は恐る恐る確かめました。

「ほら、なんにも入ってないじゃん」

姉はそう言いました。

姉には、見えていませんでした。

だからこんなにいわくありげなものにでも、簡単に近づけるのでしょう。たとえ四角い底に膝《ひざ》を抱えて座りこむ痩《や》せた少女がいて、上から差し込む光に気づいて顔をあげ、こちらを凝視していたとしても、見えないのならば関係ありません。

僕は叫びました。

「早く閉めて！」

目が合った僕に、少女はなにかを言いかけます。姉が蓋を閉めるほうが早かったのが救いでした。「まったく、いつも怖がりなんだから」という姉の溜息に搔《か》き消され、少女の声は、何も聞こえませんでした。

二

ある曇《くも》り空の日曜日でした。

僕は中学生になっていました。離れにある自室の窓から曇天《どんてん》を仰ぎ、いつ降りだすだろうかと思案しながら、母が出かける前に干していった洗濯物を取り込もうと考えたときのことです。風に揺れる色とりどりの洗濯物の隙間《すきま》に、姉の後姿をみとめたのは。敷地の奥へ歩いていくのです。どうしてだろう、と僕は思いました。

姉は習い事の日なので、先ほどまでテンポの良いピアノの旋律《せんりつ》が聞こえていたはずなのに……いったい、突然どこへ行くのでしょう。

洗濯物の存在も忘れて追いかけていったのは、歩く姉の背中が寂しそうだったからにほかなりません。なんとなく不安な感じがしたのです。

　緑豊かな林は、どこからも水の気配がしました。六月の初旬のことです。空模様は不穏でした。墨《すみ》色と象牙《ぞうげ》色の雲がまだらに千切れて、上空で吹き荒れる強い風に、激しく押し流されていました。僕は木立を縫《ぬ》いながら、北の方角へ進みました。姉の姿はもう見えませんでしたが、たしかにこちらへ向かったはずだと思い、伸び盛りで青々と茂る下生えに、歩を進めました。

　空気に煙がまざっていることに、やがて気づきました。僕の予感は確信にかわりました。辿りついた焼却炉からは、黒煙がたなびいていました。

　鳥の糞《ふん》がこびりついて錆びた蓋を見つめながらぼんやりと立つ姉の傍《そば》に、僕は並びました。幼いころに外したロープと角材が、地面に半分ほど溶けこんでいました。

　灰色の小さな女の子が、姉の足元に嬉《うれ》しそうにまとわりついていました。蓋を開けたので、出てきたのです。

　けれども姉は女の子の存在になんてまるで気づいていません。僕へ向かって言い訳をするかのように、

「必要がなくなったから、こうして燃やすことにしてるの。自分にとって、いらないもの

になってしまったら、なくなっちゃうほうがいいでしょう……」

と言いました。

そのとき、姉は楽譜を燃やしていました。むかし発表会で弾いた「雨の庭」を胸に抱いていて、それを焼却炉へ放り込みました。蓋を閉めて、しばらくのあいだじっとしていましたが、そのうちふらふらとした足取りで、家へ戻っていきました。

僕はその場にとどまりました。雨が降りはじめましたが、構いませんでした。灰色の少女は蓋を開け、狭い口に体を押しこんで、どう考えてもまだ熱の残る焼却炉のなかへ帰っていきます。

むかし姉が封印を開けたとき、きっとこの化物は姉の心に巣くったのでしょう。今回、僕が見たのが初めてではなく、これまでも姉はここで何かを焼いていたのです。

少女はこちらを一瞥《いちべつ》しましたが、僕に対して興味はなさそうでした。

「姉に近づかないでくれ」

僕は怒鳴りました。自分がいったい何者を相手にしていたとしても、家族を守るためならば、怖くありませんでした。

先ほど楽譜を燃やしていた姉の横顔の、不穏さ――この少女の悪影響であんなことをしてしまったに違いありません。姉を守らなければなりません。

少女はにやにやといやらしい笑みを浮かべました。生きている人間の、たいせつにしているものを奪う目をしていました。そして言い訳をしました。

「違うよ。わたしが燃やさせたんじゃないの。大事なものだけど見ていると辛くなるから燃やしたいってお姉ちゃんが思ったのよ。だからお手伝いしてあげたのよ」

少女は自分で蓋を閉じました。声は聞こえません。

その日以来、姉はピアノをやめてしまいました。理由は、疲れたからとのことでした。

三

姉が死んだのは、彼女が十六歳のときです。

ごくありふれた交通事故死です。車通りの多い交差点で左折しようとした乗用車と、横断歩道を渡っていた姉が接触してしまったのでした。乗用車は途中で姉に気づき慌てて速度を落としましたが、姉は転倒し、打ちどころが悪く、けっきょく二日間の昏睡《こんすい》状態から戻りませんでした。

亡くなったと聞かされて——姉にピアノをやめた理由を訊ねたときの、「なんだか疲れちゃって」という静かな声が、僕の耳に蘇《よみがえ》りました。そして、焼却炉の少女の浮かべた歪んだ笑みが、頭から離れませんでした。

姉は、奪われてしまったのです。あの少女に。彼女はやはり、生きていた人間のたいせつにしているものを奪っているのです。

ピアノだけでなく、命までも。

それからすぐのことです。母が胃を悪くしてしまい、ずいぶん長引きました。いちばんひどいときは入院をしていましたが、なんとか持ち直し、母は退院しました。

そして帰ってきた母は、母のいないあいだ僕が維持していた家をひとしきり眺めたあと、こんなことを言ったのです。

「見ていると辛いから、お姉ちゃんのもの、少しずつでも処分していかないと……」

その虚《うつ》ろな視線に、僕は寒気を覚えました。

いつだったか、同じような台詞《セリフ》を耳にしました。初夏の曇り空の下で、楽譜を焼いていた姉の口から出た言葉でした。

『必要がなくなったから、こうして燃やすことにしてるの。自分にとって、いらないものになってしまったら、なくなっちゃうほうがいいでしょう……』

——姉はそう言いました。姉の言葉と、母の言葉が、重なります。

母は、燃やす気かもしれません。

「無理しなくてもいいんだよ」

僕は即座に言いました。

ここは古い家だけれど広さだけはあるのだから、大きな宝箱だとでも思って、思い出をたいせつに取り置いたって問題はありません。

「でも、どうしても辛いのよ」

「お姉ちゃんのものがなくなるほうが辛いよ」

辛さなど、簡単になくなりません。たとえば姉の部屋にある大きなもの——長く愛用した学習机だとか、ベッドとか、洋服簞笥《だんす》など——を処分したところで、姉を思い出さずにはいられないでしょう。

だって台所にある四人掛けの食卓の姉の席にある空白は、処分するわけにはいきません。年ごとに背比べをした柱の傷だって、消せません。埃《ほこり》を被るからと靴を紙箱に移したって、姉の靴が置かれていた位置はどうしたって空いてしまいます。

そんな風に、姉の面影《おもかげ》は特別なものに宿っているのではなく、そこかしこにあるのです。

むしろ捨てれば捨てるほど、不自然な隙間が増えるだけです。

「でもねえ」

僕は母を説得しようとしました。まるで灰色の少女がそのあたりを歩いているような寒気さえ感じました。いったいどこにいるんだ、と僕は部屋を見回しましたが、どこにも少女の姿は見えません。わかっています。彼女はきっといまもあの焼却炉のなかで、膝を抱えているでしょう。

「でもねえ」

ともう一度母は言いました。

「お姉ちゃんのものを処分したら、僕が許さないからね」

そう言って、母が勝手に処分しないよう、強く言い含めました。何かしらの手段を講じなければならないと、焦燥《しょうそう》感が湧き起こりました。

四

だから母がまた入院することとなったとき、僕は不安に思いながらも少し安心したのです。入院しているあいだは、姉の遺品に手をつけられませんから。

僕は高校二年生の秋を迎えていました。

母の病室は個室で、ふたりだけで静かに話をすることができました。日が暮れる直前だったので、西に面している窓からは夕焼けがきれいに眺められました。ベッドに起きあがり、セピア色に染まったシーツの上で、紺色の毛糸玉をふたつみっつ転がし、母は僕のセーターを編んでいました。編み棒を一心不乱に動かします。

「ありがたいけど、根を詰めないようにね」

「そうはいってもあなた、放っておくといつまでも夏物で過ごすでしょう」

周囲はすっかり秋景色となっていて、僕も秋のコートを着ていたけれど、それを脱いだら半袖だったので、脱がないことにしました。体が丈夫だから寒暖差は平気で、つい衣替《ころもが》えを忘れてしまうのです。

「そんなことはないよ」

「ひとりでちゃんとやってる？　食事は？　ちょっと痩せたんじゃないの」

「ちゃんとしてるって。こう見えて、料理もできるんだから」

そのあたりは事実でした。自炊をしていたし、健康そのものでした。この生命力を分けてあげたいほどでした。分けられるのならば、たとえ全部は無理だとしても、僅《わず》かだけでもいいから。

「学業もちゃんとしてるよ。公務員試験受けようと思って」

母を安心させたい一心で、僕は堅実な職業を目指していました。

「そうなのね」

母は安心したようでした。目を細めました。

「そういえばお姉ちゃんも、むかしそんなことを言っていたわ。ピアノをやめたあと……女性警官になりたいのだったかしら」

「そうだったの」

「やっぱり姉弟《きょうだい》なのね。性格も目鼻立ちも似ているし」

「僕、お姉ちゃんみたいな性格してないと思うけど」

僕の記憶には、どこにでも先陣を切っていく幼いころの姉と、寂しそうな背をした高校生の姉の姿が残っていました。姉が警官を目指していたとは知りませんでした。辛い思い出ではなく、温かい思い出として辿っている感じがして懐かしく、優しい気持ちになりました。

「警官もいいね。僕も、そうしようかな」

「いいわね」

母は僕に、姉の面影を重ねていました。そしてそれから、逡巡《しゅんじゅん》しました。ゆっくりと、覚悟を決めたような声で、言いました。予感があったのだと思います。

「もし、お母さんに何かあったら……」

せっかく温かい気持ちになっていたのに、途端に心が冷えます。母に何かがあった場合――できるだけ避けたい話題でした。

「やめてよ、そういうの」

だから僕は、母の言葉を遮《さえぎ》りました。けれども、母は僕の制止を聞いてはくれませんでした。

「……仏壇のなかにね、連絡先が入っているから、なにかあったら頼りなさい」

母はまた、紺色の毛糸玉に集中しはじめました。

「そろそろ面会時間は終わりです」

と、看護師さんが病室に顔を見せました。日はすっかり暮れていました。

家に帰ってから、僕は仏壇のなかを探しました。見つからなくても構わないと思いましたが、願いむなしく名刺入れが出てきました。そこには、むかし出ていった父の名刺が入っていました。黄ばんだ、古い名刺です。

彼は商売を営んでおりました。古い名刺に印字されたこの住所にいまもいるのでしょうか。僕が三歳のころに母と家族を捨て、別の女性と勝手に出ていったふざけた男でした。

「こんなもの、大事にする必要ない」

僕は名刺を握り潰した上、ゴミ箱へ捨てました。

五

医者から余命僅かと言われたころから、母は姉の話を頻繁《ひんぱん》に口にしました。

「アルバムを、持ってきてほしい」

と言われたので、僕はそれらを持って病室へ向かいました。母がたいせつにしていたという宝箱も、持っていきました。

青いクッキー缶のなかに、幼稚園児だった姉が描いた母の肖像が入っているものです。幼稚園児がクレヨンで殴り書きをしたものだから、曲線はたどたどしく、クレヨンのもとの色はわからなくなっていました。けれど母のたいせつなものでした。

そんな風に、姉の思い出の品を少しずつ届けるようになりました。

ある日のことです。

「ねえ、お願いがあるの」

母の言葉に、僕は顔をあげました。

「なに？」

それは、冬に差し掛かったころのことでした。窓の外は冬の曇り空で、日中だというのに、地上は真っ暗になっていました。

「楽譜が、どこかにないかしら。お姉ちゃんの楽譜」

一瞬、呼吸が止まりました。姉の楽譜の行方を、母は知らないのでしょうか。でも、姉がピアノをやめるとき、僕は姉が楽譜をどうしたのかを知っています。

「探してみるけど……」

どこにも存在しないでしょう。思い入れのあったはずの「雨の庭」を焼却炉へ放り込んだのを、僕は見ていました。

「……どんな状態でもいいの。ちょっとだけ、見たいの」

母は言いました。もしかしたら、姉がどのように楽譜を処分したのか、わかっていたのかもしれません。

「これが最後だから」

と母が言葉をついだので、僕は笑いました。

「なに言ってるんだよ」

そのとき、僕は笑えていたでしょうか。

母の体はとうに細く薄く痩せこけて、いまにも消えてしまいそうでした。あと幾日、こうして会話できるのでしょうか。どうしてこんな風に急激に老いてしまったのか、と思うほど、枯れきっていました。

……あの少女が、母にとりついているのだと思います。姉が生命力を失ったときのように、母の生命力をどんどん奪っているのです。

病室内に少女の姿は見えません。きっと焼却炉のなかで膝を抱えて座っています。けれど、どんなに対象が遠ざかっても、構わないのでしょう。そうして、一度目をつけた人間から、たいせつなものをどんどん奪っていくのです。

母の命を助けることは、できないのでしょうか。

六

セーターができたから受け取って、着ることになりました。病室で渡されて、僕はその場で着てみせました。寸法はちょうどよく、紺一色なので着やすいものでした。

「よかった。ぴったりね」

「ありがとう」

春まで着ていようと思いました。

母の姿は日に日に細くなり、茶色くなっていきました。死相というものはこういうものなのかと、僕は辛い気持ちになりました。残り僅かの日数を、できるだけ寄り添ってあげたいと思いました。

最期がわかっているのだから、突然いなくなるよりも幸福だという考え方だってあります。姉のときのように突然の事故で、お別れをすることすらかなわないよりも、ずいぶん幸せではありませんか。

「たいせつにしてね」

「もちろん。当たり前だよ」

健康なときにはなんとなく気恥ずかしくて口に出せなかった言葉でも、いまはすんなりと出てきました。どんな些細《ささい》な言葉でもいいから、母を大事にしてあげたいと思いました。

そうして、身動《みじろ》ぎをした母を支えたときのことです。母が急に真顔になり、吐血《とけつ》をしたのは。

僕は血まみれになりました。

「お母さん！」

呼びかけながら僕は急ぎ、ナースコールを強く押し続けました。

どす黒い血が、母の口から溢《あふ》れました。顎《あご》を伝い、首に流れ、病衣を赤黒く染めました。母の体が冷たくなっていることに気づきました。いつの間にこんなにも冷たくなったのでしょうか。病室のなかにあるどんな無機物よりも冷たいような気がしました。

医者も看護師もすぐにやってきて、処置がはじまりました。血まみれになった僕は部屋を出され、着替えるようにすすめられ、紙袋をもらえたので、血に濡《ぬ》れたセーターを紙袋のなかに入れました。白い無地の、なんの変哲もない紙袋ですが、紙質が良いものだったので、血は染みこみませんでした。


だから「それ」は外から見たら、買い物した荷物にでも見えたのかもしれません。母が治療の甲斐《かい》なく亡くなり、病院からいったん引き上げるときの電車のなかで、僕はその紙袋を脇に携《たずさ》えていたはずなのです。

けれどもどこかでふと、荷物を持ちかえるなどするときに床に置いたとか、そういう隙があったのでしょう。ずっと、喪失感《そうしつ》でぼんやりしておりましたから。

セーターの入った紙袋は、いつの間にかなくなっていました。盗まれたのだと思います。

たいせつにしてねという母との約束を、僕はすぐに破ってしまいました。

もう二度と着られなかったとしても、たいせつにするつもりだったのに。

七

母の火葬が終わったあと、自宅が火災に遭《あ》いました。

幸いにして被害は母屋だけだったため、離れにいた僕は無事でしたが、母の思い出も姉の思い出も母屋にあって、ほとんどが焼失してしまいました。

けれども全焼扱いにならず、全額保険がおりなかったのでずいぶん困りました。困って困り果てて、しかし僕は誰にも頼ることができませんでした。親族もおらず、父の連絡先もわかりません。僕は名刺を捨ててしまったのですから。

母の病室に置いてあった姉の思い出を引き上げたあと、母屋と離れにわけて置いてありました。母屋がなくなったので、そちらにあったものは焼失し、離れに置いてあったものはそのままになり、僕の生活を圧迫しました。辛いけれども、思い出でものは食べられません。お金にかえられるものは売り、売れないものは処分しました。

そのことに気づいたのは、背が伸びて着られなくなった服を捨てようとしたときでした。ふと紺色のセーターを思い出し、ああ、そういうことだったのだ、とやっと気づいたのです。

それで、僕は焼却炉の少女へ会いに行きました。

月が出ている、明るい晩のことでした。凍えそうなほど寒い、真冬です。

凍える指先で焼却炉の蓋を開けると、座りこんでいる少女と目が合いました。なかから這《は》い出てきましたので、僕は少女を、その辺にあった枯れ枝で滅多打ちにしてやりました。少女はまるで生きている人間のように血を流してみせました。

僕は言いました。

「つまり、君は僕にとりついていたんだ」

すると、少女は笑い声をあげました。いまさら気づいたの？　とでも言いたげでした。

姉が事故死したのも、母が亡くなったのも、僕が父の名刺を捨てたのも、最終的には僕がたいせつなものを失っていました。セーターは置き引きにあい、家は焼け、姉の思い出も手放すことになりました。

僕はそういう風にして、たくさんのものをどんどん失っていたのです。

つまり彼女は最初から僕にとりつき、奪い続けていたわけでした。

他の誰でもなく。

「残念だけど、もう僕にはたいせつなものなんかないからね」

すべてを失《な》くした今、僕には自分が守るべきものは何もありませんでした。

少女はさも嬉しそうに笑いました。

「本当に？」

「ああ」

「本当の本当？」

「他には何もないね」

幸いにして、僕は親友と呼べるほどたいせつな友人もおりません。家族も、親族もおりません。父がどこかで生きている可能性はありますが、たいせつではありません。所詮《しょせん》、幼子《おさなご》をふたりも抱えた母を捨ててしまうような男です。大事にしていた思い出も消えてしまいました。お金もほとんどありません。

僕は、ぴょんぴょんと嬉しそうに飛び跳ねる少女を摑《つか》み、焼却炉のなかへ無理矢理に押し込めました。少女は暴れ、とても幼い女の子だとは思えないほどの力で押し返してきました。けれど、僕の力のほうがかろうじて強かったです。

押し込められながら、少女は笑いつづけました。

「でも、まだ両手足があるよ！」

失くしてたまるか、と思いながら、蓋を封じました。枯れ枝で塞《ふさ》ぎ、古びたロープがかろうじて残っていたので、それでなんとかくくりました。

「未来だってあるよ。これから大事なひとができるかもしれないよ」

蓋の向こうで、少女はそう言いました。

「だったら、大事なひとなんて作らない。ひとりで生きていくよ。誰にも迷惑をかけない。それなら、大丈夫だ」

幸いにして、すべてを失ったばかりです。僕が笑うと、蓋の向こうはしんと静まりかえりました。そのとき、ロープに白い紐《ひも》が結ばれていたことに気づきました。朽ち果てた紙が紐状になっていて、等間隔についていました。

なんらかの封印がなされていた証拠かもしれません。

封印は、解いてはいけないものだったのでしょう。

蓋の向こうで少女が、捨て台詞を吐きました。

「これは呪いだよ」

ほどなくして、僕は自宅の敷地をすべて売却しました。田舎の土地だったので二束三文にしかなりませんでしたが、少しだけまとまったお金ができました。

焼却炉も取り壊される予定でした。しかし残骸《ざんがい》から少女の骨が出てきたので、取り壊しは中止となり、一時期、僕は警察に呼ばれる騒ぎとなりました。

しかし調べるうちに、その骨がはるかむかしに埋められたものだとわかりました。焼却炉を建てられる前に建っていたなにかの、人柱になったものと考えられました。さらなる調査のため、更地になる予定だった敷地はずっと野ざらしで放置されることとなりました。

人柱——はるかむかしというから、そういうこともあったのでしょう。けれど、人柱になるなど、あの少女自身は望んでいなかったでしょう。

他者の思惑によって不当に未来を失われた少女を思うと、悲しいものです。恨《うら》みを抱えていたとしても、仕方ないことかもしれません。

復讐《ふくしゅう》に巻き込まれたほうとしてはやるせないですが、少女に復讐の炎を燃やさせる最初の火を点《つ》けたのは、こちらなのでしょうから。

初めて彼女の姿を見たとき、僕は彼女の言葉など一切聞かず、「早く閉めて」と叫びました。おそらくあのとき、彼女は僕を恨むようになったのです。

たとえば、きっと寂しかったであろう少女の言葉に、少しでも耳を傾けていれば……何かが変わったでしょうか？　嫌なことから逃げず、真っ向から受け止めていれば、少しくらい希望が残ったでしょうか。

焼却炉の底で膝を抱えて仰いだとき――暗闇《くらやみ》にいた少女の瞳に、光が見えたのでしょうか。僕は、影が見えるようになってしまいました。彼女のように恨みを持つひとが誰かを憎んでいる様子が、おどろおどろしい「影」となって見えるようになってしまったのです。

これから僕は、どういう風にすれば、彼女の呪いを回避できるのでしょうか。自分にとってたいせつなものを作らず、その上で誰かをたいせつにしていけるでしょうか。

せめて暗闇のなかにいれば、影には脅《おびや》かされません。しかし、不幸へ転がり続け、恨みの影が見えるという呪い……屈してしまいそうです。

未来が何もわかりません。

けれどまだ生きています。まだこの心だけは残っています。呪いを解く日はいつか来るかもしれません。歩き続ければ、いつか辿り着けるでしょう。

それまでどうか、僕にたいせつなものができませんように。

[redacted]

一

僕が目を覚ましたのは、真っ暗な場所でした。うつ伏せになり、意識を失っていたのです。

意識は急速に覚醒《かくせい》しました。十分な睡眠をとったからだと思います。どうやらものすごく長い時間眠っていたみたいでした。

ここはどこだろう、と思いました。

何もかも真っ暗です。床はひんやりとしていて硬く、ずっと寝ていたにもかかわらず体が痛くなっていないのは不思議でした。手探りで床に触れましたが、何も見えませんでした。床も、自らの手も。

それほどの濃い闇《やみ》、ということです。自分自身の肉体すらも判別できないほどの永遠の闇のなかで、僕は眠っていました。

顔をあげました。そんな暗闇ではどちらが上でどちらが下なのかもわからなくなりそうでした。真っ黒な床だけがたしかでした。肉眼では認識できませんが、感触があります。

この不可思議な世界にも、地面という概念《がいねん》がある……。

僕は立ち上がり、「誰かいませんか」とか「ここはどこですか」とか、そういった言葉を口にしながら、途方もない空間をふらふらと歩き始めました。

けれども、この世界にいわゆる果てがないことや、他者の不在を、じきに察しました。僕が閉じこめられたのは、現実ではない場所なのです。

自分が死んだ事実を、ふと思い出しました。辿り着くべきところを見失っている焦燥《しょうそう》が、わきあがってきました。

けれども彷徨《さまよ》い続けるうちに、希望を見つけました。濃厚な闇のなかにぽつりと、窓のような四角い枠が浮かんでいるのを、発見したのです。はっきりとしてはいなくとも、薄ぼんやりとでも光があるのは、僕を安堵《あんど》させました。半透明の窓の向こう側になんらかの光源があり、窓一面が柔らかく明るくなっている……そういったものです。

僕はそれを光の窓と呼びました。

そして僅《わず》かな光に頼るように傍《そば》へ座り込み、窓をときどき覗《のぞ》いて、過ごすようになりました。ここはとても落ち着くのです。

光の窓の向こうにぼんやりと、人影が見えていました。誰かがいる……気配がある。

顔を近づけて目を凝《こ》らしてみると、小さな子供がたくさんいて、手を洗っている様子が見えました。窓は、幼稚園かなにかのお手洗いに備えつけられている鏡だと、僕は気づきました。向こう側に誰かが存在しているという希望に、僕はどれほど救われたかしれません。

しかしながら希望はすぐに打ち砕かれました。あるとき、窓の向こうが、何も見えなくなってしまったのです。光もささず、本当に僅かな、蓄光《ちっこう》テープくらいのものになってしまいました。光は急速に力を失っていったのです。

ひとりきりでいると寂しくてたまりません。消え入りそうな窓に縋《すが》りつき、僕は涙しました。

誰もいない世界で、誰でもいいから誰かの気配を感じていたいのです。なのにどうして、遠ざかってしまったのでしょうか。何が悪かったのでしょう。飢《う》えすらも感じました。

願いむなしく、やがて窓の光はさらに薄くなっていき、ついに消失してしまいました。拠《よ》りどころのなくなった僕は、仕方なくふたたび歩きました。前に進みさえすれば、きっとなんとかなる——そんな根拠のない自信だけが胸にありました。

次の窓を見つけました。

今度はどこかの会社の化粧室でした。そのいちばん奥の窓です。こちらからすると窓ですが、向こう側からすると鏡なのは、以前と同様でした。

マジックミラーから見える光景に興味を持つのは憚《はばか》られましたが、美しくお化粧を施《ほどこ》した女性たちが様々な表情を見せてくれることに、僕は緊張し、少々楽しみました。

けれど、その日々も長くは続きません。

どうやら鏡に張り紙がされてしまったらしく、見えなくなってしまったのです。張り紙に「使用禁止」といった字が書かれているのが、裏側の僕からも読み取れました。おそらく鏡になにか異状が起こってしまったのでしょう。

しばらくは張り紙の僅かな隙間《すきま》から行き交うひとの様子を眺めていましたが、ある日突然、窓が消えてしまいました。鏡が外されるところが一瞬見えましたので、おそらく撤去されたのだと思います。

残念に思いましたが、僕はまた歩き、窓を探しました。なくなっても、探せば次が見つかることを知っていました。

次の窓は、見つかりました。

どうやら衣料のお店らしく、今度は試着室の姿見でした。

窓のサイズは変わり、ずいぶん大きくなりました。僕の背丈ほどありました。薄ぼんやりした光の向こう側には、男性が入れ替わり立ちかわり、ジーンズをはいたり脱いだりする様子が映りました。……女性用試着室の鏡でなくてよかったと、心から思いました。もしそうであったならば、後ろめたすぎます。

けれど、その日々も続きませんでした。

僕は窓の端《はし》っこに寄りそうように、座り込んでいました。膝《ひざ》を抱えて、窓に額《ひたい》を押しつけて、「向こう側」を眺めていました。

すると不思議なことに、ときどき、向こう側にいるひとと視線が合うのです。もちろん、まったくこちらを見ないひともいました。しかし本当にときどき、こちらを見るひとがいるのです。そして表情を曇《くも》らせて、目をそらします。

そういったことが立て続けにありました。

しばらくして偉い感じの男性がやってきました。そしてこちらを指差すのです。

数時間後、窓の光はごく薄くなっていました。

僕はやっと理解しました。

暗闇に閉じこめられた僕は、なんとかして向こう側からの光を感じたいと必死になっていました。窓に寄り添い、温度を感じようとしていました。けれど僕の行為は向こう側の人間にとって好ましくなかったのでしょう。むしろ、遠ざけたい存在だったに違いありません。

体を押しつけすぎた結果、いつしか僕の額は窓にくっついてしまっていました。必死になって手で押し返し、額をはがしました。あんまりぴったりとついていたからか、はがしたあとには、血がついていました。

やっと窓から離れた僕は、光の残る窓を振り返らないように、歩き始めました。

けれど次は何を目指せばいいのか、わかりません。わからなくても、歩くしかありません。

二

彼女に気づいたのは、いくつかの窓を通り過ぎたあとです。

実は、彼女の顔には見覚えがありました。

いちばん最初に発見した幼稚園の鏡に映っていた女児だったのです。僕が窓から窓へと移り行くあいだに、彼女のほうは幼稚園児から小学校高学年にまで成長していました。けれどもその可愛《かわい》らしい女の子を、間違えたりはしません。久しぶりに見つけて、なんだかむかしから知っているみたいな、親心のような気持ちを抱いてしまいます。

今度は「向こう側」に気取られないよう、気味悪がられないよう、細心の注意を払いました。可能な限り窓からは離れ、距離を保ち、ほんの少しだけ映る彼女の姿をかろうじて光の届く距離から、細くした目で眺めることにしたのです。

　彼女は引っ越しをしたばかりの家に住んでいました。僕がいるのは彼女の部屋にある姿見でした。彼女のいない時間帯に他の人物が現れることはまずありません。だから心置きなく、不在時には窓に寄り添い、在宅中はできるだけ遠ざかるよう心掛けました。

　そうすることによって、彼女はこの姿見から不気味な影を感じることなく、日々を過ごせたと思います。そして僕は、ここが本来辿り着くべき場所ではなかったとしても、羽を休める樹を見つけたような心持ちがしました。


　安堵からでしょうか。僕は自分がどこから来て、何者で、どこへ行くのかといった主題について考えを巡らせました。

　まず「どこから来て」についてを考えるとすると、簡単にいうと僕は、「体がばらばらになって死んだ幽霊」でした。時間が経つにつれ、徐々に思い出してきたのです。

　額が窓にくっついてしまうのは、車輪に轢《ひ》かれた際に額が抉《えぐ》られ、平たくなっているからです。なにかがぐちゃっと音をたてた瞬間に意識が途切れた……という最期の記憶を、僕は思い出していました。死が閉鎖空間への入り口だった、と。

窓に縋りついてきたのは、僕からすれば希望の光へできるだけ触れていたい一心でしたが、生者からすればとんでもない恐怖だったでしょう。

僕と目が合った幾人かのひとにはこう映っていたはずです。鏡の向こうに血まみれの人間が映りこんでいる……と。

幼稚園や職場のトイレの鏡、試着室……目撃者のトラウマが想像され、こちらとしてはたいへん申し訳ない気持ちになります。もし自分が向こう側だったとしたら？　ぞっとします、こんな悪霊《あくりょう》。

僕はやっと、自分には「この世への未練」があるのかもしれないという考えに至りました。自覚はありませんが、何かしらの強烈な執着があるから、天国でも地獄《じごく》でもないこんな暗闇に閉じこめられているのではないでしょうか。

しかし未練に心当たりはありません。記憶が欠け落ちているからでしょう。

早く未練を思い出さなければ……。このままでは出られません。

彼女の成長を見続けることになんら意味などありませんでしたが、この生活は心地好いものでした。けれどまたしても、長くは続きませんでした。

僕が原因ではありません。

小さなころに両親を交通事故で亡くした彼女は、親族中をたらい回しにされたあげく、もとの家は勝手に売り払われ、最終的に貧乏な遠縁の夫婦のところへ追いやられていました。両親がかけていた生命保険や遺産などを彼女からすべて奪い取ったという声が、かすかに聞こえてきて、僕は憤慨《ふんがい》しました。

彼女はそのころには中学生となっていましたが、たとえ自分でものを考えられる年頃になったとしても、なかなか大人とは戦えません。

なすすべのない彼女にさらなる災難が降りかかったのは、ある冬のことです。彼女の帰宅時間になると、僕は姿見から離れるようにしていました。けれど、それより少し早い時間に部屋にべつの誰かが入ってきたのです。

見慣れない男でした。ごくふつうにドアから入ってきてそのまま居座り、室内を物色しはじめました。僕は眉をひそめ、動向を監視しました。

男は箪笥《たんす》から下着を取り出したり、ベッドに寝転がったり、机の抽斗《ひきだし》から彼女がつけている日記を取り出して読み耽《ふけ》ったりとやりたい放題です。

じき、彼女が帰宅しました。

「……どうしているの？」

彼女の声は震えていました。

男は、彼女よりも二十歳ほど年上でしょうか。ベッドの上に座っていて、彼女を見て立ち上がりました。いやらしい笑みを浮かべていました。「出て行ってください」と彼女は憤然としていましたが、男は笑うばかりです。さらには次の瞬間、彼女の片腕を摑《つか》み、バランスを崩させ、ベッドへ引き摺《ず》りこもうとしました。

彼女は必死で抵抗しました。

「やめてください！」

周辺のものを手当たり次第に投げつけるべく、男の手を振り払おうとしますが、摑まれた腕を捻《ひね》り上げられました。

悲痛な叫び声があがりました。「大人しくしろ」、「了解はとってある」と男は口にしました。まるで勝利宣言のように……。

彼女は項垂れ、すべてを諦《あきら》めた様子となりました。男は満足気になり、彼女をベッドへ引っ張り上げます。

美しい少女を蹂躙《じゅうりん》しようと目論む卑《いや》しい野獣《やじゅう》の姿に、僕の怒りはいつしか頂点に達していました。僕は窓へと額をこすりつけ、薄ぼんやりとした硝子《ガラス》の障壁を、血まみれの拳《こぶし》でがんがんと叩きました。

彼女へ覆《おお》いかぶさっていた男が、ふと頭をあげました。

そして、僕のいる姿見を見ました。

「なんだ？」

男は気味悪そうに起き上がり、こちらへ近づいてきました。

なにか音が鳴ったので、出どころを確かめるようでした。

太い足で鏡を蹴《け》られました。僕はその足を摑もうと、光の窓を通り抜けようとしました。

それはかないませんでしたが――男の、怯《おび》える声が聞こえました。

窓には大きな手形が付着していました。

つまりそれは、僕の手の、血のかたちです。

男は手形を見つめ、「なんだよこれ……」と呟《つぶや》きました。

かと思うと、急にふらりと倒れたのです。


男が倒れたあとに映った光景を見て、理解しました。

この部屋の住人である彼女が、学校で使用しているらしき分厚い辞書を両手で持ち、立ち尽くしていたのです。そして意識を失った男の首が潰れるまで、彼女は殴りつづけました。首が潰れたあと、辞書を取り落としました。

糸が切れた人形のように、座り込みました。

彼女は顔をあげ、こちらを見ました。殺した男に頬《ほお》を張られたらしく、形の良い唇からは血が出ていました。涙した跡と、腫《は》れた瞼《まぶた》、それでも澄《す》んだ愛らしい瞳をしていました。間近で見る彼女は、美しい容姿をしていました。はだけた衣服をかき合わせながら、次々と溢《あふ》れている涙を拭《ぬぐ》っていました。突如起こった事態に混乱している風にも見えました。

「大丈夫だ」

僕は言いました。

いったい何が大丈夫なのかなんてどうでもよく、ただこの哀れな少女に何か一言、声をかけてあげたくなったのです。

これまで、声をかけたことは一切ありませんでした。息遣いにも気をつけて、彼女に見つからないようにしていたのですから。

今夜、僕の声は届いていました。彼女は黙っていました。

僕はもう一度言いました。

「大丈夫。助けてあげる。力になってあげる」

三

金色の月が出ている晩でした。

カーテンの隙間から、金貨のように光り輝くまん丸い月がぽっかりと夜空に浮かぶ様子が見えました。風の音もしないほど、あたりは静寂《せいじゃく》に包まれていました。

「死体を埋めてしまおう」

僕は提案をしました。彼女を怖がらせないように、鏡に付着した血の手形を必死になって拭いながら、僕はさらに続けました。

「どうか怖がらないで。僕はきみの味方だから……」

僕の存在の不可思議さについて、どのように伝えればいいのかはわかりませんでした。僕という存在そのものが理解の範疇《はんちゅう》外でしょうし、さらに、実は小さなころを知っているなど、向こう側の住人である彼女にとって恐ろしいものに違いありません。

彼女は溜息にのせ、小さく呟きました。

「とうとう殺しちゃった」

僕を怖がる様子はなく、淡々《たんたん》としていました。

「とうとう？」

僕はそっと訊《たず》ねました。

「うん。……頭のなかでは、けっこう練習していたの。このひとが迫ってくるのはわかっていたから、どうにか回避しようって」

僕と対話することに彼女が怯える様子は微塵《みじん》もありませんでした。まるでふつうのひとと接するように、言葉を交わしました。

彼女の話によると、親族であるこの男は彼女を手込めにしようとしていたため、以前から気をつけていたのだとか。味方は誰もおらず、自己防衛するしかなかったそうです。いよいよ危なくなったら着の身着のまま逃げるしかないとも考えていたようです。

逃げる計画、訴える計画、殺す計画、と様々な方法を、彼女はずっと考えていたのでした。

まさか最悪のパターンになるとは……と、彼女自身も驚いているようです。けれど、事態がこれほど逼迫《ひっぱく》したら、選択肢はそれほど多くありません。自分が諦めるか、この男に自身を諦めてもらうか、どちらかになってしまったわけです。

「どうして、こんな目にあうんだろう……このひとだって、最初は『お兄ちゃん』って呼んでって、妹みたいに思うからって……」

彼女は抱えた膝に額をこすりつけ、ぽつりと言いました。

自首をすれば彼女の罪は軽くなるでしょう。たしかに殺人事件ですが、重い罪に問われるようには思われません。正当防衛が認められるのではないでしょうか。

無論、経歴に傷がつくことは否めません。実際に、ひとひとりの命を奪っているのです。たとえ自分の身を守るためであったとしても、彼女は今後、この事実を糾弾《きゅうだん》され、追及され、疲弊《ひへい》するでしょう。どんな事情があったとしても、みながみな、同情してくれるとは限らないのです。

こんな男のために、彼女の人生が台無しになってしまうなど、許せません。

彼女の未来とこの男の命を天秤《てんびん》にかけたとして、この男の重さなど、いかほどというのでしょうか？

僕は言いました。

「いまから、できるだけのことをしよう。大丈夫。死体が見つからなければ、事件だとは思われないよ」

彼女の計画は「殺す」ところまでで、それ以降のことは考えられていませんでした。現実のシナリオとしては不十分です。

幸いにして今晩、家には彼女ひとりきりでした。

「おじさんとおばさんは、一週間は帰ってこない」

「うん。ラッキーだ」

「……たぶん、帰ってこないから好きにしろって言ったんだと思う」

彼女には「保護者」がいないということが、わかりました。味方がいないと彼女自身も言っていました。守ってくれるひとがいないのです。

「そんなの、まるで生《い》け贄《にえ》じゃないか」

「わたしは、いらない子だから」

彼女は寂しそうに言いました。

「……この男は、普段何を?」

「さあ。少し働いたり、ふらふらしたり、柄の悪いひとたちと付き合ってるのを、親戚が気に病んでたかな。わたしを手にいれたら落ち着くって本人が言ってたから、あてがおうとされてたというか……」

そんなの、本当に生け贄扱いではありませんか……。

「わたし、事故のときに、両親と一緒に死んでたらよかったのに」

彼女は痛々しい微笑《ほほえ》みを浮かべました。きっと彼女はいつも周囲から、そういう風に蔑《さげす》まれていたのです。悲しくなってきたため、僕は死体のほうへ目を向けました。いまは感傷的になるより他に、やるべきことをやる時間です。

「素行が悪かったのなら、行方不明になることもあるか……」

「たまにふらっといなくなることはあったよ」

では死体を片づけるだけで、事件の発覚を遅らせることはできそうです。

けっきょくのところ、殺人が事件として捜査される理由は、殺された死体が発見されるせいです。発見を想定して死体を自殺などに偽装しても、必ずひずみが生まれます。しかし死体さえ発見されなければ、事件は事件になりません。明るみにならず、闇へと葬《ほうむ》られます。

彼を、ただ単に「いなくなった」ことにするのです。行方不明というだけなら、捜索願いを出されていったんは仕舞いです。未成年などでない限り、素行の悪い成人男性など、簡単に蒸発してしまうものですから……。

彼女を引き取った親戚は一週間も帰ってこないのです。一週間も猶予《ゆうよ》があるなら、人間ひとり分の死体くらい、片づけられるでしょう。

ただ、彼女ひとりで片づけなければならないという点が気になりました。この男は他人を襲うだけあって無駄に図体がでかく、重量がありそうです。到底運び出せません。

「できる？　大丈夫？」

僕は窓に手を触れて、向こう側に座る彼女を気遣いました。始末するとしたら、彼女の精神は削られるでしょう。

彼女は顔をあげて、こちらを見つめました。そうして鏡へ体を寄せてきました。初めて、笑顔を見せてくれました。彼女の笑顔を見るのは、初めてかもしれません。

「やさしいね」

僕が窓へ手をつけば、映るのは血の手形です。彼女からすれば本来は恐怖体験でしかないでしょう。

それなのに彼女はこちらを怖がりませんでした。鏡に手を触れました。窓越しに指先が触れ、なんとなく温かい気がしました。

驚くべきことに、そのとき僕は鏡のなかから向こう側の世界へ、出ることができたのです。

四

気がつけば僕は彼女の姿になり、姿見の前に座って鏡面にもたれていました。姿見の下方には無数の血液が飛び散り、丸く点々と付着していました。かたわらで息絶えている男の体内で流れていたものでした。

鏡の「向こう側」には、本来つくべきでないような血の手形が、くっきりと大きくついていました。想像していたとおり、「ここから出してくれ」と言わんばかりの、恐怖そのものの様相を呈しています。

それは間違いなく、僕の手形でした。

この突如起こった「入れ替わり」に彼女が不安を覚えないよう、僕は優しく諭《さと》しました。

「死体を片づけて、かならず戻ってくる」

「向こう側」に戻ったからでしょうか。これまでかすかだった記憶が、少しずつ蘇《よみがえ》りました。その記憶をじっくり辿りたいと思いましたが、今の僕には仕事があります。

死体の始末です。

もし「彼女本人」がこれから死体を片づける場合、数々の困難が待ち受けているでしょう。主に精神的な問題です。僕が片づけたほうがきれいにできるように思われました。僕は彼女よりも大人で、男です。精神的にも成熟しているはずです。血は女性のほうが得意だと聞きますが、僕もそれほど不得意ではありません。なにより男と無関係です。

有り難いことに、彼女は了承してくれました。僕の言葉を信じてくれました。そうして、「ありがとう」と小さく言いました。けれどもお礼というには、少し悲しい響きをもっていました。疲れて疲れて、疲れ果ててしまったかぼそくて頼りない声でした。

「そこは暗いから、少し眠るといいよ」

僕は努めて明るく言いました。

「うん。久しぶりに、誰にも邪魔されないで眠れそう」

彼女は笑いました。けれども僕は笑えません。現実世界において眠れる場所がない彼女が、不憫《ふびん》で仕方ありませんでした。いったい彼女は、どれほど不幸な人生を歩んできたのでしょうか。

僕がさまよい続けた永遠のような闇のなかで眠ることが、彼女にとっての束の間の安息だなんて。

「おやすみ」

小さな返事が返ってきたあと、僕は早速仕事に取りかかることにしました。腕まくりをし、腕組みをし、男を見下ろしました。

とりかからなければなりません。

家のなかを漁《あさ》り、古びたシーツを見つけました。おあつらえむきといえました。シーツで男の全身を余すことなく包みます。髪の毛や血が床につかないように丁寧《ていねい》に巻いたあと、廊下へと転がしました。歩行すらままならなくなった男を、あるべきところへ移動させるのです。

転がすうちに判明しましたが、男の体は想像していたよりもはるかに重いものでした。このような巨体にのしかかられた彼女の恐怖を思うと、胸が張り裂けそうになりました。

男は運悪く死んでしまいましたが、そこに同情の余地などありません。そもそもこの家に来なければ、邪《よこしま》な感情を抱かなければ、いまもちゃんと生きていたはずです。すべては自業自得に他なりません。

あいにく彼女の部屋は二階にあったため、男を一階へおろす作業は極めて難航しました。曲がりくねった階段からおろそうとしましたが、壁につっかえて動かないので苛々《いらいら》して蹴ったところ、ごろごろ落下してしまい、僕は少し慌てました。やはり短気はいけません。

蹴られた勢いで階段のいちばん下まで落ちた男は、首や肩や足首が変な方向に折れ曲がっていましたが、まあ、きっと気のせいでしょう。床に血が飛び散ったり、流れ出したりしなかったので、よかったです。

一階へ到着するころには、僕は汗だくになっていました。頭や額からは汗がこぼれおち、頬を流れ、全身が濡《ぬ》れ鼠《ねずみ》のようでした。血のついた衣服を脱がせ、全裸にさせると、体力がきれてきて、くたくたになりました。肉体は彼女のものなので、体力がないのです。

けれども、立ち止まることはなりません。この夜は長くありません。

五

「おはよう」

姿見の前に立ち、僕は声をかけました。いつの間にか血の手形は消え失せていましたが、姿見の下のほうに誰かがもたれかかっているような、そんな気配だけが冷たく漂っていました。

こちらの声に気づき、じきに寝息がやみ、伸びをするような動きの音がしました。姿は見えませんが、向こう側に彼女がいるのです。

「おはよう。いま、何時？　すごくたくさん眠った気がする……」

「もう三日経ったよ。いまは朝九時」

「三日も寝てたの、わたし」

彼女の声は、驚きに満ちていました。僕にも覚えがありますが、暗闇世界において、時間の流れというのはひどく曖昧《あいまい》なのです。長いまどろみのなかにいるような感覚で、あっさりと日々が過ぎていくのです。

「全部終わったよ。もう大丈夫」

僕の精神力はかなり消耗《しょうもう》しましたが、考えられる限り、死体が見つからないよう努力をしました。

死体の始末は困難を極め、やはり自分が引き受けてよかったと思いました。

家の住所を確認したら、生前僕が暮らしていた場所に近かったのが幸運でした。土地勘があったのです。以前行ったことのある廃屋の枯れ井戸に死体を投げ入れて、思いつく限りの薬剤を買い、井戸へ流し、石灰と土で埋めたあと、敷地内にあった壊れかけの焼却炉《しょうきゃくろ》で証拠などの一切を燃やしただけなのですが。

帰宅して掃除をし、すべての証拠を処理し終えたのが、今朝になります。

「交代してくれて、ありがとう。本当にありがとう」

「ううん。気にしないで」

「ここでまどろんでいるあいだ、わたし、考えてたの。あなたは誰？　わたしの、何？　もしかしてわたしの……」

彼女の言葉を、僕は遮《さえぎ》りました。何を言わんとしているのかが、なんとなく察しがついたのです。

「いや、僕はきみとは、なんの関係もないよ」

僕は姿見に指を触れました。

「困っているひとを、放っておけなかっただけ」

途端、世界が入れ替わります。淡い光が差す窓に手を触れる血まみれの男が、僕の本当の姿でした。窓の向こうへ声をかけました。

「もしかしたら、僕の知らないあの男の何かが残っているかもしれない。気をつけて証拠を隠滅《いんぺい》して、誰にも気取られないように」

「はい」

彼女は神妙に頷《うなず》きました。

「しっかり確認しておくね」

そうして、姿見の前から、姿を消しました。二日も休んでしまった学校へ行くのだろうと思われました。

部屋のドアが閉まる前に、小さな声が聞こえました。

「わたしのお父さんじゃないかなって、思ったの。でも違ったんだね」

僕は黙り、ドアは閉じられました。

ぱたんという音が聞こえたあと、がらんとした部屋を眺めながら、わずかな光にもたれかかりました。

「違うよ。違うんだ。僕は……」

記憶のピースはすでに揃《そろ》い、埋まっていました。僕と彼女の繋《つな》がりは、たったひとつでした。しかし家族ではありません。彼女にとって思い出すべきではない過去です。すべてを封じて、僕はふたたび歩き始めます。

六

次に彼女と出会ったのは、それから何年も経過したあとのことです。

僕はあの男を処分して以来、彼女のもとをいったん離れました。

彼女が映る光の窓を離れ、また、果てのない暗い世界へ漕《こ》ぎ出したのです。もちろん、せっかく見つけたよりどころを離れるのは惜しかったです。しかしながら、これ以上彼女の傍に居続けようとは思えませんでした。僕が彼女の傍にいるのはよくないと思ったからです。

また何も見えない世界に戻りました。

歩いていると、疲労はしないにしろ、時折どうしようもないような絶望的な気分になります。自分は一度死んだはずなのに暗闇に閉じこめられ……いつ終わるともしれない道行きについて考えると、その場にうずくまりたくなります。

かといって、少し休んでから考えようかと立ち止まると、瞬間、恐怖が押し寄せます。いま目を開けているのか、それとも閉じているのかさえわかりません。死んでいるにしても、意識はいったいいつ終わるのでしょう。長い悪夢を見ているにしても、いつ解放されるのでしょう……。

息が詰まってきて、僕は途方に暮れて――ふたたび歩くのです。立ち止まれません。前に進み続けなければなりません。いつか安息の地へ辿り着けるはずだと信じて。

幸福なことに窓はそこかしこに存在し、ひとつと離れても、次の窓はしばらく歩けば見つかりました。

けれど外側から自分がどういった状態で見えるかは理解しているため、極力近づかないよう気をつけました。光に吸い寄せられる自分を叱咤《しった》し、つかず離れずの距離を保つのです。

薄い隔《へだ》たりの向こう側に、いまも誰か生きているひとがいるということは、ささやかな希望でした。しかし長居はせず、歩き出すのです。いつ終わるともしれないあてのない旅へ。絶望を終わらせる手段を、考えながら。

いくつかの窓を通りすぎたあと、いつになくくっきりとした光を放つ窓を、僕は見つけました。そろそろと近づいていきます。

そこに映っていたのは、あの彼女でした。僕は驚き、あとずさりました。やはり彼女に違いありませんでした。

しかも、彼女はべったりと貼りつくように鏡へもたれかかり、そのなかを覗きこんでいるのです。いったい、何をしているのでしょうか。

しかし僕は窓に近づこうと思えません。

けれど、彼女は何時間経っても動かないのです。きちんと瞬きをするし、ときどき身動《みじろ》ぎもするので、生きていることはわかるのですが、気味が悪いほどに動きません。

僕は困って窓から距離を置こうとしましたが、けれど気になって引き返しました。

それは……彼女が僕との接触を求めているとわかっていたからです。

彼女が映る光の窓は、星月夜が映る湖のように澄んでいました。

少し見ないあいだに、彼女はずいぶんと美しく成長し、神秘的になっていました。これまでの苦労や疲労が濃い翳《かげ》となって、それすらも、彼女の雰囲気によく合っていました。

この娘を遺《のこ》して逝《い》った両親は、さぞかし無念だったでしょう。死に際のつけをすべて娘に支払わせたことなど、死んでから知る由もありません。

実は僕の人生の終幕は、彼女の両親が乗っていた乗用車に轢《ひ》き殺された……というものでした。死体を処理するために外に出たとき、急いで調べました。ずっと知りたかったのです。なぜ僕が彼女にかかわり続けているのか──僕と彼女のあいだにいったい何があるのか、どういった繋《つ》がりなのか……。理由があるのではないか、と。

僕は彼女に取り憑いているのです。

そして彼女が僕を轢き殺した人間の娘だったとしても、彼女を恨《うら》む気持ちを持たない僕自身に、少しだけ安堵しました。恨んでいるわけではないのです。

そんなに近づいていないはずなのに、彼女はふと目をあげて、

「いるの？」

と訊ねてきたので、僕は思わず身を竦《すく》ませました。しかし彼女が目を伏せたので、こちらに気づいていないとわかりました。定期的に声をかけているのでしょう。霊感がある人間であれば、この距離でも気づくのでしょうか。

いずれにせよ、彼女は僕に接触したがっている……。

僕に、用事でもあるのでしょうか。いや、用事が発生するとは思えません。だとしたら……もしや、殺人がばれたのでしょうか。その可能性はなきにしもあらずでしょう。とす

ると、もしかして、彼女は殺人の罰を受けているのでしょうか。

ひとつ気になることができたせいで、まるで頭が一気に覚醒したみたいに、次々と疑問がわいてきました。

悩んで悩んで、幾日も過ごしました。そのあいだ彼女は窓の前から動きませんでした。そしてときどき、僕を求めて声をかけてくるのです。

僕は一歩、また一歩と距離を詰めていきました。あとほんの一歩のところまで来ても、彼女はこちらに気づきませんでした。わからないひとにはとことんわからないようです。

僕は彼女を見下ろしたり、正面に座ってみたりしました。そうして、窓へ触れないように気をつけながら、顔を近づけました。

「どうしたの」

そっと声をかけたときの彼女の表情は、ひどく晴れやかでした。

「殺したいひとがいるの」

七

「殺したいひとがいるの」

彼女はそう言いました。

殺したいひと……と僕は口のなかで小さく呟きました。彼女から発される響きとしては最低のものでした。彼女はすでに、ひとをひとり殺しているのです。あれは致し方ないものだったとはいえ、味を占めてひとを殺し続けているのだとしたら……僕はどうすればいいのでしょう。

「協力してほしい」

僕が返事に迷うあいだに、彼女は言葉をつぎました。

彼女は、僕をパートナーとして選んだのです。以前と同じように、死体の片づけをする羽目になるのでしょうか。あれ、けっこう、たいへんだったんですが……。

僕はそそくさとその場を離れようとしました。殺人に加担するのはもうこりごりです。僕を罰する人間はいないでしょうが、それでも倫理的に、かかわり合いになりたくありません。

……逃亡を図ろうと本気で思えば、逃げられたと思います。

なのに、つい振り返り彼女から事情を聞こうとしたのは、すでにこの世のものでなくなった僕を求めてくれるひとがいるという事実が、嬉《うれ》しかったからでしょうか。

青年が、部屋のなかに入ってきました。

二十三時。

予定通りでした。

僕は彼女から聞いた話を、頭のなかで反芻《はんすう》しました。いま、この青年は、あるビルのなかで、女優となった彼女を監禁《かんきん》しているのだそうです。青年は彼女を鎖に繋ぎ、逃げられないようにしていました。鎖を最低限の長さにして、閉じこめ、飼っているのだそうです。むかし、僅かな期間だけかかわったことがある人物だそうですが、彼は彼女をひどく裏切ったそうです。

「調子はどう？」

部屋の明かりはつけず、室内は外からの光だけで、薄暗いままでした。彼の声に彼女は返事をせず、鏡のほうを向いて座ったままです。やがて背後から抱きしめてくる青年に身を任せました。

青年は彼女の手の甲に自分の手を重ねました。できるだけ不自然にならないように、彼女が鏡のほうへと誘導します。

ほんとうにできるのだろうかと半信半疑ながらも、僕のほうも鏡に指を触れました。瞬間、僕はその青年と入れ替わったようでした。

久しぶりに生前の自分の体格と近い体に入り込み、感慨《かんがい》深さに大きな手を握ったりひらいたりしてみました。僕の腕のなかには彼女の小さな体があり、すっぽりと包んでいました。髪からはいい香りがしていました。少しだけ高揚しました。

「不思議なものだな」

彼女は安堵していました。無事に成功したことを喜ぶというよりも、やっと解放されるという、穏やかな微笑みを浮かべています。

「ごめんなさい。あなたを長く苦しめて。わたしのせいで死んでしまったんでしょう」

「違うよ。どうしてそう思うの」

「事実でしょう。知ってるの。いえ、わかってる」

彼女は、僕の正体を知っていました。

「あなたの声に覚えがあったから。両親が轢き殺した、あの警官……」

彼女はそう言いました。そしてつぎました。

「これで、あなたは解放される。わたしは、死ぬことができる」

「きみが死ぬ？」

聞いていた話と違いました。

僕は、彼女を監禁している男をどうにかしたいと聞かされていました。彼女が思いつめているとはいえ、殺害するのはやりすぎなので、今回ばかりは説得するつもりでいましたが……。

僕は彼女に、騙《だま》されていたようです。

殺してほしい人物とは彼女自身でした。

「実はね、ずっと死にたかった。ひとりで死ぬつもりだったの。でも、彼も……彼も一緒がよかったの。けれどふたりでこの世界にお別れをする前に、あなたを助けないといけなかった……ごめんなさい、嘘《うそ》を吐《つ》いて」

人生を歩んでいても、常に罪悪感に苦しんでいたようです。僕について考えていたのだそうです。

「やっと終わるのかと思ったら、なんかほっとして、疲れちゃった」

「一度死んだ僕には、好きなものなんてない。他人の体を借りて生き長らえるくらいなら、暗闇に帰るよ。他人をあの暗闇に閉じこめるのも、嫌なんだ。あそこは……絶望しかない」

けれども、鏡に触れても交代できません。

「やめて」

彼女から制止されますが、僕は鏡を拳で叩きました。

「もう嫌なんだ。僕はむかし、救われなかったひとを、暗闇に置き去りにしたことがある。

小さな女の子だったのに……ひどいことをした。だから、罰《ばち》が当たったんだろう。彼女への懺悔《ざんげ》のために、ひとを守る仕事をしていたんだ……。彼を、出してあげてくれ」

彼女は微笑みました。

「彼を救うためには、わたしを殺さないと無理だよ。わたしが――ここに閉じこめたんだから。あなたにはわからないかもしれないけれど……彼を出すには、わたしを殺すしかない」

僕は躊躇《ため》らい、彼女の首へ手を伸ばしました。出てきて彼女を説得するつもりが、すでにあと戻りできない地点に来てしまっていたようです。

彼女が死を望んでいるのはわかっていました。

そして彼のためにも彼女のためにも、こうするのがいちばんよいのでしょう。首は細くて、頼りなくて、この分ならば簡単に折れてしまいます。両手で包むだけで、鳥肌がたちそうでした。

彼女は苦しげに呻《うめ》き声をあげます。できるだけ苦しまないように逝かせてあげたいのですが、上手く力がこめられません。

彼女は笑いました。

「しばらく眠りたいな」

これから殺されようとしている人間にしては、穏やかな声でした。たぶん、久しぶりに、誰にも邪魔されないで眠れそうだからでしょう。願っているのがわかりました。どうか、もう目覚めませんように、と。

天国

彼のことは、いちばん奥の部屋で見つけた。

いちばん奥の部屋っていうのは、どこかの山のなかにある、わたしが暮らす洋館の地下室のことだ。他の部屋には自由に出入りしてもいいけれど、地下室だけは、「悪い生き物が住んでいるから、絶対に行ってはならない」と言われていた。

悪い生き物って？

そこへ行ったらどうなるの？

会ってしまったらどうすればいいの？

幼いわたしの問いに答えてくれるひとがいなかったものだから、溢《あふ》れんばかりの好奇心によって、何の躊躇《ためら》いもなく「悪い生き物の住んでいるところ」に足を踏み入れたのだ。それもこれも、できるだけ悪い生き物に接触させぬがためにと予備知識を仕込んでおいてくれなかったせいだと思う。

とにかくわたしは洋館の隅々まですでに探検し尽くしていて、地下室への入り口だって把握《はあく》していたし、「入ってはいけません」といくら注意されようが、いつか探索するのだと地下室行きを虎視眈々《こしたんたん》と狙っていた。人間というのは、禁止されたらやりたくなるものなのだ。誰にならうでもなく、本能だ。つまりわたしはいたずらっこで、まだ何も知らない子供だった。

そして、決行の日はやってきた。

生まれてこのかた、味わったことがないくらいの大嵐の夜だった。ものすごい大雨が横殴りに降っており、雨粒が強く強く窓や壁を叩く。暴風が吹き荒れて、周囲の森が地鳴りみたいに轟音《ごうおん》をたてる。

わたしたちが暮らしている洋館の居間には大きな古時計があり、二十三時の鐘の音が鳴っていた。暖炉《だんろ》のあたたかな火が冷えた肌を温める。時計の音と暴風雨に騙《だま》されそうだけど、とてもしんとしている夜だった。わたしは静かだ、と気づいた。

大人たちはいなかった。いつもはわたしを監視しているのに、いつの間にやら、誰もいなくなっていた。

たぶん同じ敷地内にある、別の建物のほうへ行っていたんだと思う。わたしが暮らす洋館の他、少し離れたところにもうひとつ建物があって、そこは子供を預かる施設らしい。施設の人手が足りないとき、大人たちはわたしを置いて施設へ行ってしまう。それでも普段ならわたしから監視の目を外さないというのに、余程なにか事情があったのだ。この大嵐だから、不都合が起こったのかもしれない。

これは千載一遇《せんざいいちぐう》のチャンスといえる。日頃、大人がいないほうがいいような、そういうことをするチャンスだ。たとえば、いつもは二十時に寝ろとうるさいけれど、今から読書をしてみたり、こんな時間から油彩を描きはじめるのもいい。

ふと灯りが揺れて、ぱっ、ぱっと点《つ》いたり消えたりした。

遠雷。

お化け屋敷みたい。でもわたしは怖いと思わない。

本当に怖いものを知っているからだ。

本当に怖いのは……。

わたしは居間を出て、暗い廊下を歩いていく。ひとを探して、歩いていく。

わたしが怖いと思うのは、孤独だ。

何の音もしない、何の気配もしないほうがずっと怖い。ひとりぼっちでいるのは怖い。

だから探検するのだ。わたしを救ってくれる何かを見つけるために。

ある部屋に入る。部屋のマントルピースから灯りのついた燭台《しょくだい》をひとつとって、地下室への階段をおりていく。ここにひとがおりていくのを何度も見た。地下室には入ってはいけないと言われているけれど、かといって鍵はかかっていなかった。わたしを警戒していないのだろうか？　悪い生き物は、自力では出られないのだろうか？

階段を下りきる。配膳口のあるドアがひとつあって、やっぱり施錠はされていなかった。すっごいひとの気配がする。大人がいるかもしれない、と思った。けれど我慢できなかった。

そこは、窓がないという点以外は、ただの子供部屋だった。暗かった。燭台の明かりを向けると、「悪い生き物」が顔をあげる。彼は寝間着を着ていた。もしかしたら寝る直前だったのかもしれない。長椅子《いす》のところに腰掛けていた。

「誰？」

わたしが持つ、ふつうのひととは違う奇妙な力に気づいたのは、いちばん最初は、誰だったのだろう？

たぶん、両親だと思う。きっと彼らは「なんか変なことが起こっている」という感じを抱いていた。わたしが自分自身で気づいたのは、まだふつうの子供と同じように両親と暮らしていたころだった。

友達みんなでかくれんぼをしていて、すごく仲良しだった男の子と、隠れる場所を考えていた。「鍵のあるところには隠れない」ルールで、遊具の多い広い公園だった。

「ここにしようかな」と彼が言った。公園の隅に置いてある背の低い掃除用具入れで、野ざらしになっているので、ぱっと見、ひとが入るようにはとても思えない汚さだった。幼いわたしたちの背丈ならば入る隙間《すきま》はあるだろうが、わたしは入りたいとは思わない。けれど彼は活発な性質であったし、むしろわたしの反応を証左に、今回の鬼も女の子だから掃除用具入れを開けないだろうと推測したのだった。最後のひとりになって鬼を困らせるつもりでいた。

つまり彼は、鬼である彼女のことが好きだったのだ。だったらできるだけ長い時間、自分について考えてくれるほうが嬉《うれ》しい。引き戸を開けると子供ひとり分の隙間はあって、座ることもできそうだった。

「外から閉めてよ。絶対言うなよ」

わかったよ、と了承して、わたしは引き戸を閉めた。内側からの声は聞こえなくなった。わたしも自分の隠れ場所を確保しなければならない。掃除用具入れからは離れた。

かくれんぼは順調に進んだが、掃除用具入れに入った彼は最後のひとりになって、彼女はどうしても見つけられないみたいだった。おおむね計画通りだ。

日が暮れかけて、降参だと大声で叫んでも彼が出てくる気配はなかった。そんなに困らせたいのかな、とわたしは思い、それでもできるだけ彼の気持ちを尊重してあげたかったのだけれど、彼女には親の迎えが来てしまった。彼女が悪いわけじゃないけれど、彼が可《か》哀相《わいそう》だと、帰っていく彼女の背中を眺めながら思ったものだ。

彼の計画が頓挫《とんざ》したのち、残った面子《めんつ》を連れて掃除用具入れを開けた。そこで彼が衰弱していたのを発見したのだった。

「どこかが引っ掛かって開けられなくなって、開けてって何度も大声で言ってるのに、誰も助けてくれなかった」

空気が薄いのに叫び続け、息ができなくなったらしい。

救急車で運ばれて一命をとりとめ、のちに復活した彼は恨《うら》みがましくそう言ったけれど、なんとも不思議な話だ。掃除用具入れはベニヤ板より多少マシかなという厚さの木でできていた上、ずっと野ざらしだったので見てくれからしてずいぶんな有様だった。だから声を出せば外に届いたはずだ。壁なんてないようなものだった。

けれど誰も彼の声なんか聞いてない。引き戸だって、わたしが開けたときはごくふつうに開いた。むしろ壊さないよう気をつけたくらいだった。だってなかに彼がいることはわかっていたし、開けたら怒られるんじゃないかとも思ったのだ。だから彼の主張をわたしは不服に思ったし、周囲も首を傾《かし》げるばかりだったのだけれど……。

わたしの両親の対応は、違った。

閉じこめられた彼とそのご両親に、ひたすら謝り続けていたのだった。向こうの両親が逆に恐縮するくらい、謝っていた。どうして？　何もわからないわたしと彼の両親は、不思議がった。彼も当事者だから、薄々わかっていたんだと思う。わたしの両親も、わたしを育てるなかで似たような経験をしたのだと思う。

わたしが持つ奇妙な力についての。

わたしが自身の生い立ちについて語り始めると、悪い生き物は、

「ああ、そういうことだったのかー」

とのんびり言った。

悪い生き物は、自分のなかで何か納得している様子だった。どうして彼が納得しているかはわからないけれど、説明してくれそうな感じがあったので、待つことにした。

彼の口調は穏やかで静かで、わたしは彼とひとつふたつ言葉を交わした途端、ゆっくりした時間の流れのなかにいるのだ、と思った。

顔を合わせた瞬間に間違いなくわたしは、「彼とは出会う運命だった」という、必然のような感覚に陥《おちい》っていた。わくわく、そわそわするような、たぶんそれはわたしが日頃読んでいる恋愛小説で、主人公とお相手が出会ったときと同じだったから、わたしはこれが

恋だとかなり早い段階で悟った。不思議なくらい、すとんと胸に落ちる。

矢継ぎ早に話さなくても彼はわたしをわかってくれるし、彼のことならばなんでもわかる気がするのが不思議だった。だからわたしは彼の説明を待っていた。

待っているあいだ、わたしは彼を観察することにした。彼——悪い生き物は、わたしと同じくらいの年齢だ。だから小学校高学年くらい。細くて貧弱で、わたしよりも弱いと思う。少なくとも同年代の男の子と比較して、ひよわに見えた。そのひよわさから湧いているのだろうか。この静けさは。

落ち着いていると一言で表現するのは簡単なのだけれど、それだけじゃない。なにか、悟りでもひらいているのだという雰囲気をまとっていた。

彼はなかなか説明しはじめないので、わたしはわたしのことをまた話すことにした。


わたしはどこか知らない場所で目覚めた。

真っ白くて高くて広くて冷たい、白い天井を仰ぐ。全身が汗だくになっているのは、悪夢によってずいぶん長くうなされていたからだろう。体を動かそうにも動かせないのは、あちこちが痛むからだ。けれど声も出せない。医者と看護師が部屋に入ってきたから、ほっとする。

ああ、わたしはなんとか病院に辿り着いたんだ。全身に、「病院に行かなければならない」感覚が残っていた。願いがかなった感じだ。しかし、もう大丈夫という安心感は、体が軋《きし》むせいでたちまち吹き飛んだ。わたしは包帯でぐるぐる巻きだった。

どうしてこんなことになっているんだろう?


わたしは高熱を出したのだ。

ある夜――わたしは恐ろしく機嫌と具合が悪くなってしまった。右を向いても左を向いても、座っても立っても横になっても気分が悪かった。どうしようもない自分を持て余すうち、寒いのに暑くなってきた。寒さを感じるところから、冷たい水でも零《こぼ》したみたいに悪寒が広がっていく。全身がおかされていく。内側が冷たくなりきったあたりで、母がわたしの高熱に気づいた。

あとから思い返すに、掛け違えたボタンはひとつだ。もし過去に戻ってやり直せるとして、わたしはそのたったひとつだけをやり直せば、すべては何事もなかったかのように元通りで、平和で、誰もが生き延びたと思う。

夜間にやっている総合病院までは遠い。父の運転する車。母は助手席に乗り込んだ。救急車を呼ぶよりも自分たちで連れていくほうが早かったのだ。

毛布に包《くる》まれていたわたしは後部座席のドアに毛布が挟まっていると気づいた。強く引くものの、とれない。意識はうつろだった。運転中に開いてしまうことを恐れて、わたしはドアを一度開けて、閉めた。

車のスピードは猛烈《もうれつ》に速く、車中の電子時計は緑色に煌々《こうこう》と光っている。深夜二時。朝の七時に起きて夜の八時に眠るという規則正しい生活をするわたしが、まったく知らない時間だった。

そのときまで、わたしは自分が眠りに落ちれば世界も眠りに落ちるのだとずっと思っていたので、いまこの状況は緊急事態に相応しい。わたしたちを運ぶ車があまりにも速いものだから、窓枠に切り取られた額縁の向こうで、夜が早送りにされる。真夜中の冬空はどれほど星が出ていても、黒よりも藍《あい》よりも暗い。

車の速度がゆるやかになって停まったので、わたしは病院に着いたのだと思った。エンジンはかけたまま、父がサイドブレーキを踏む。見上げた窓の向こうに人影が見えた。窓の向こうから声がする。

「ちょっといいですか。いま、大丈夫ですか」

声はくぐもっていた。カチャカチャとスイッチを押す音。父が窓を開けようとしたのに、開けられないらしかった。「急いでるんで、見逃してもらえませんか。娘が熱を出して……」と父が大声で言う。窓を開けていないものだから声は車内にこもり、うるさかった。それにお酒のにおいがする。

父の舌打ちと同時に、車が急発進した。「停まりなさい」と叫び声。

母が混乱している声もする。

「開けられないの？　ねえ、開けられないの？」

「いいから静かにしなさい」

「ねえ、車を停めて。引っ掛かってる、引っ掛かってる！」

パトカーのサイレンが遠くから近づいてくる。直後の衝撃。まるで全身が宙に浮いたみたいになった。たぶん、本当に宙に浮いたんだと思う。ふわっと、エレベーターに乗ったときのような浮遊感がした。絶叫が車中を満たした。浮いていたのは一瞬で、木々を掻《か》き分ける轟音が響く。どこか急な傾斜を転がり落ちていく。

わたしの悪夢。


祖母が見舞いに来たのは、目が覚めてからしばらくしてのことだ。

七十年生きてきてこんな悲劇に遭遇したことはなく、すべてに呆然《ぼうぜん》としてしまうくらい、祖母にとっては衝撃的な出来事だったらしい。

「どうしてあなただけが生き延びてしまったのかしら……」

祖母は呟《つぶや》いたきり、他に何も言わない。

近くのスツールに腰掛けて、ベッドに横たわるわたしを見ず、窓の外ばかりを見ていた。けれどその瞳は遠い。あまりに長く外を見ているので、何があるのだろうかとわたしも興味を抱いて目を向けたけれど、特筆すべきものは何もなかった。ただ明るいだけだった。ときどき飛ぶ雀《すずめ》、椋鳥《むくどり》。ごく淡い曇《くも》りの冬空。

冬の太陽光線にフィルターがかかって、世界が等しく柔らかい光に照らされていた。自動車の音がする。電車の音もする。何もかもが遠かった。

祖母の老いた瞳は空以外の何かを映していた。

わたしは祖母のことをほとんど知らなかった。両親が生きていたころ、かかわりあいにならなかったからだ。上品な雰囲気の女性だった。

しかし上品さの内側に、両親も生きていてくれたら、なんて願いがないことは明らかだった。わたしという荷物を遺《のこ》していった彼らを恨むみたいに嘆《なげ》いていた。

もしも各々が不幸自慢を許されるのならば、死んだひとたちはきっと「わたしにかかわった不幸」を熱弁するだろう。

父の運転する車は高速道路の急カーブを曲がりきれず、ガードレールに衝突して、崖《がけ》から落下。両親は即死だった。

わたしだけが生き延びたのは、毛布に包まれて後部座席に横たわっていたからだ。きちんとシートベルトもされていた。だから両親は粉砕機《ふんさいき》にかけられたみたいな状態で死んでいて、車はぺしゃんこだったのに、わたしひとりだけは重傷で済んだ。救助隊によって発見されたとき、奇跡的生還と言われたそうだ。

この事故で不幸になったひとはさらにもうひとりいる。死亡事故の直前、両親は高速道路の出入り口で行われていた検問から逃亡していた。担当警官は、両親が車を発進させた際に車のどこかに引っ掛かり、百メートルも引き摺《ず》られたらしい。生きたまま惨《むご》たらしく擂《す》り潰された結果、彼も命を落としてしまった。全部が不幸だ。

けれどもすべてにおいて言えることは、残された人間のほうが不幸になる場合もある……ということだ。

両親が生きてさえいれば、祖母は事故の加害者家族として責めたてられたりしなかっただろう。他人の恨みつらみを一身に引き受けるのは、老体には辛いと思う。

この人殺しの子供をこれからどうする？

いっそ死んでいてくれたらよかったのに。

あの日、ふたり以外誰もいない病室だった。

皺《しわ》の深い祖母の手、中途半端な丈の袖《そで》や、花柄のブラウス、黒いスカート、歩きやすそうな靴。どれもをはっきりと鮮やかに覚えているのに、顔だけがよくわからない。顔色だってごくふつうで、髪はきちんと整えられていて、後ろにまとめてバレッタで留めている。控えめな黒色。

その年齢の老女にしては身嗜《みだしな》みに気を遣っているひとだったけれど、きれいに化粧をほどこされた顔にどんな表情が浮かんでいたのか、まったく思い出せない。

「リンゴジュースは好き?」

病室内に他に誰もいないのを確かめた感じがした。しかしひとの視線があってもなくても、祖母は堂々としていただろう。わたしのために飲み物を用意するのだ、と。

わたし以外の人間だったらきっと騙される。わたしも騙されてしまったほうが楽だったので、そうすることにした。

「うん」

わたしは頷《うなず》いた。

わたしたちの関係は奇妙だった。生きてきた年月も、境遇も、性格も好きな料理もきっと何もかも違う。共通項など何ひとつない。なのに、たった一件の事故のせいで結論が同じものになる。

　窓からの景色は優しく暮れ始めた。午後の陽《ひ》が色を変える。グラデーションみたいに、滑《なめ》らかに時刻が移り変わっていく。リンゴジュースの瑞々《みずみず》しいにおいがする。ペットボトルから紙コップに注がれて、枕元の台に置かれた。

「これを飲んで寝なさい」

　あとから、「見届けなかったのはなぜだろう」と考えた。けれど答えは出ないし、訊くこともできない。翌朝、死体になって発見されたのは祖母だけだったからだ。リンゴジュースを飲んで死んでいるところを、連絡がとれないのを不審に思った友人に発見されたのだと聞かされた。

　もし、自分が祖母と同じ立場になったとしたら、わたしも同じ選択をしただろう。わたしだったら最後まで見届けるだろうか。選択を委ねたのだろうか。生きるか死ぬかの選択。紙コップを手にして、それでも生きたいと置いたのが間違いかどうか、わたしはいつになってもわからない気がした。

「つまり君は、鍵を掛けてしまうんだ」

　悪い生き物は言った。

強引な結論だけれど、言いえて妙だった。

あらゆる物事に対して知恵がつくにつれ、わたしもはっきりと認識しはじめた。もしも過去に戻れるとして、ひとつだけやり直せるとして……そう——ボタンを掛け違えるときに戻れるならば、わたしは絶対に「何も閉めない」。わたしが閉めることで、誰も外へ出られなくしてしまうのだから。

誰よりも早く、両親は気づいていただろう。わたしが閉めたドアは開かないのだから、早い段階で奇妙な現象に注意をしていたはずだ。

自分自身は力の全容はわからない。

事故後、不幸に見舞われるわたしを引き取りたがる奇特な人間は誰もいなかった。わたしは不幸を呼ぶと言われた。

わたしがいま暮らす洋館に辿り着いたのは、親族間でのたらい回しすらも拒否された結果だった。怪しい占い師といった風貌《ふうぼう》の見知らぬおばさんが、どこにも行く場所がなくなったわたしをここへ連れてきた。たくさんのテストを受けて、わたしの持つ力のルールを調べつくされ、今、わたしは幸せに暮らしている。

洋館には、地下室以外ドアがない。外のドアは必ず他のひとが閉める。

わたしはここで生きていく。

他人を閉じこめるくらいならば、他人から閉じこめられるほうがずっと幸せだ。わたしは、わたしの面倒をみてくれる宗教施設のひとたちからとてもたいせつにされている。まるでお姫様みたいに扱われる。外に出ないといういちばん大事な約束さえ守れば、不自由は何もない。

「ここに来ちゃ駄目だって言われなかったの？」

悪い生き物が言った。

「言われたけど。洋館のなかなんだからいいじゃない」

悪い生き物は嘆息《たんそく》した。

「……せっかく閉じこめられてたのに。君がここに来たら、困ることになるんじゃないの」

わたしは彼をまじまじと見つめた。

「わたし、あなたを閉じこめていたの？」

わたしはいつこの部屋の扉を閉じたのだろうか。まったく記憶にないけれど……。

「うん」

「でも地下室に来たことなんてないよ」

「君が寝てるうちに連れてこられていたのを、いつだったか見たよ」

「ふうん」

わからないことだらけだけど、ひとつだけはっきりしている。わたしと彼が運命なのは、彼が封じられるべき悪い生き物で、わたしは彼を閉じこめるという役割を負っているからだ。

彼には悪い生き物たる所以《ゆえん》があるのだろう。それはかかわりあううちに語ってくれるだろうから、わたしは彼の口から過去を紡《つむ》ぎ出されるのを待っていればいい。

「孤独なのは、怖くないの？」

わたしはもうひとりきりになるのが怖い。たったひとりで部屋にいると、飛び出したくなる。それでも本当の意味では、どこからも——どこにも飛び出すことはできない。ひとりぼっちなのは、わたしの心だ。

「何も。誰にも迷惑をかけたくないし」

悪い生き物は言った。

これまでたくさんのひとにたくさんの迷惑をかけてきた……とも言った。素っ気無く振る舞っているけれど、わたしは彼は強がりだと思う。だってわたしと話をするのが、楽しそうだもの。

こうして見ていると彼はちっとも悪い生き物に見えないけれど、わたしだって見た目だけをいえばふつうの子供なんだから、他人にはわからない何かが彼に眠っている。

その何かはわからない。たぶん、そのうち教えてくれるだろう。

そしてわたしたちは他人には計り知れない運命共同体で、もしそうならば、わたしは幸せだった。

「さいきん、ずっと雪なのよ」

わたしは言った。

初めて会ったあの日以降、わたしは周囲の目を盗み、悪い生き物と会うようになった。地下室なのだから、ここは外界からいちばん遠いはずなのに、彼といると外の世界に触れているようだと思う。もしくは、初めての世界だった。

わたしは窓の外の天気を、悪い生き物に報告する。景色は変わり映えしないけれど天気や空の色はいつも違う。いっそ見せてあげたいけれど、彼はさほど外に興味を示さない。だからやけになったみたいに、外のことをたくさん話した。

施設は豪雪《ごうせつ》地帯にあるらしく、冬は深い雪に閉ざされる。そんな場所だった。わたしにとっても、初めての冬だった。わたしはずっと南の地方で生まれ育ったため、真冬の極限まで凍《い》てつく空気は新鮮で、攻撃的だった。冬は厳しい季節だ。

「こんな時間にここへ来て大丈夫？」

悪い生き物は言った。

「大丈夫だよ。今日も、大人たちがいないし」

「そうなの？　なんで？」

「さあ……たぶんあっちのほうへ行ってるんだと思う」

「あっちのほう？」

もうひとつある建物——施設について、わたしはそこそこ詳しい。

広い中庭を挟んで洋館と反対の位置にある、大きい建物だ。白くて広くて、端《はし》っこに尖《せん》塔《とう》がある。建物の真っ白さとは裏腹に、窓のなかは薄暗く見える。暗くて閉じていて、窓は刑務所の檻《おり》同然にいかつい鉄格子《てつごうし》が嵌《は》められている。あちらのほうが余程、悪い生き物を閉じこめていそうな雰囲気だ。その証拠にあちらにいる子供たちは通し番号で呼ばれているらしい。

わたしはそう説明した。

「そんなところがあるの？」

悪い生き物は身を乗り出して興味を示した。何か気になることでもあるみたいな、そんな動作だった。

施設には、わたしと同じように奇妙な力を持った子供が住んでいるのだと説明されたことがある。

　大人に言わせると、わたしはなかでもいっとう特殊なのだそうだ。だから特別扱いだ。わたしの力のルールは周囲に及ぼす影響が大きいからかもしれない。

　わたしと違って、悪い生き物は向こうを知らないらしい。

「知らないの？」

「知らないよ」

　悪い生き物は黙り込み、何かを深く考え込んでいる様子だった。わたしはそれを知りたいと思う。


「知りたいんだ」

　そう言ったのは、悪い生き物だった。

　最初に悪い生き物にあちらのことを教えたあと、しばらくの日数が経っていた。季節が変わるくらい、長い時間だった。

　悪い生き物はひどく考え込んでいるみたいだったし、わたしは彼の苦悩を知りたいと思ったけれど、触れなかった。それは、彼が語らない過去に踏み込んでしまう気がしたからだ。

わたしたちがここへ流れ着いた理由は、それぞれの生い立ちにある。

悪い生き物はある名前を言った。女の子の名前みたいに聞こえた。わたしが続く言葉は何なのかと密《ひそ》かに身を強張《こわば》らせていると、彼は苦笑した。わたしは「彼に恋しているのがばれたな」と思って恥ずかしくなったけれど、それについては何も言われなかった。

「お兄ちゃんなんだ。そこにいるかなあ」

間延びした語尾。なんとなく懐かしそうな感じが、いつもならば淡々《たんたん》としている彼に似つかわしくなく、素顔みたいだった。わたしと会話するときには感じられない、親愛の情がそのたった一言に表れていた。

「調べてみるよ」

わたしは答えた。

わたしが施設を知っていたのには、理由がある。

こちらの洋館が、施設の事務方だからだ。そして洋館の扉は極力取り払われているため、大人たちはわたしに隠し事ができない。

洋館にいるとき、彼らは基本的にふたり一組になっていて、できるだけたくさんの部屋に在室するようにしている。けれど人数には限りがあるので、わたしは事務所に誰もいないときを見計らって、調べることができた。

子供は番号で管理されていて、二十人いる。これがもし百人も二百人もいるようだったら困りものだけど、二十人やそこらだったら調べるのは容易《たやす》い。

すぐに調べがついた。セキュリティ管理なんてあってないようなもので、思っていたよりも簡単だった。管理番号、氏名、住所、血液型、親族、寄付金、能力、これまでの生い立ち、これから行くところが決まっているひとは、その場所。

わたしは悪い生き物に報告した。

「いたよ」

悪い生き物はいつもの暗い部屋で、長椅子に腰掛けていたけれど、部屋に入ってきたわたしの姿を見て、立ち上がった。

「本当に？」

目が輝いているみたいに見えた。

「うん。会いに行くでしょ？」

用意のいいわたしは自身のワンピースと、洋館を歩き回って作った館内地図を持参していた。悪い生き物がそのままの姿で外に出たところで、一目で大人にばれてしまう。変装するならば、わたしの洋服くらいしかない。

わたしは悪い生き物を着替えさせた。わたしの衣服は彼にぴったりで、正直言って、女装すると美少女だった。肌はもともと透き通るくらい白かったし、髪も長いこと切っていないので、梳《と》かせば美しい。

「お姫様みたい」

「そうかな」

「うん。あなた、きれいだよ。でもこの格好じゃ、お兄ちゃんはわからないかもしれないね」

わたしは兄弟の再会を想像して、その様子にちょっと笑った。

「でも、もし会ったとしても、わからなくていいんだ」

「どうして？」

「別に、仲良くなかったからさ」

「そうなの？」

わたしはひとりっ子だったので、兄弟という存在がいまいちわからない。友達の兄弟姉妹関係というのはそれぞれだったけれど、おおむね仲良しだった。喧嘩《けんか》しても仲直りするものが兄弟という印象だった。

「じゃあ、仲直りすれば？」

「簡単に言うなよ。結構フクザツなんだから」

「物事をフクザツにするのはいつも人間なんだよ」

「いったい何の受け売り？　フクザツなものはフクザツなの。半分しか血が繋《つな》がってないんだから」

　彼のそわそわとした不安をよそに、半分だけの血の繋がりだという関係に、わたしは心惹《ひ》かれていた。彼のことを少しだけ知ったという優越感みたいなものに浸《ひた》る。

「半分しか繋がってなかったら、仲良くしちゃいけないの？」

「君は楽観的でいいねえ」

　わたしは悪い生き物がときどき吐く、落胆《らくたん》と諦念《ていねん》のにじむ大袈裟《おおげさ》な溜息が、大人びていて好きだった。竦《すく》める肩がわざとらしい。不安なのはわかるよ、と口に出したら、きっと否定してくるんだろう。

「きっと大丈夫だよ。っていうか、会えるか会えないかわかんないし」

　施設へ行ったことは、わたしだってない。わたしも彼と同様、外に出ないからだ。

「あっちのひとは番号で呼ばれてるんだよ」

　出て行くとき、わたしは彼に教えた。他にもたくさんのことを教えた。情報はできるだけ多いほうがいいからだ。

「囚人《しゅうじん》みたい。わたしたちは悪いことをしてるのかな」

見たことのない子供。わたしと彼ら、そして悪い生き物には、他人に影響を及ぼす力がある。悪いことなのか悪くないことなのかを自分たちで決められるとしたら、自分は悪くないと言いたい。

「僕は生まれただけで悪いものだったから、なんとも言えないよ」

悪い生き物は答えた。

「僕が生まれたせいで、お兄ちゃんを苦しめたんだから」

悪い生き物の兄は、父親の連れ子だという。もともとが「霊感がある」などと言って他人を困らせているような兄だったから、周囲は疎《うと》ましく思っていたらしい。そこへ後妻が、悪い生き物を生んだのだ。兄は家の隅に追いやられ、それからは悪い生き物だけが家族のなかで優遇されていった。

けれどじきに判明してしまう。

悪い生き物のほうが、兄よりもずっと強い力を持っている――と。

彼には悪いものばかりが見える。他人からの恨みがその目に映る。家族が先妻に憎まれているのも見えている。他人の行く末がわかる。まるで死神のように死や、様々なことを予言する。そしてすべてが言うとおりになる。どれだけ回避しようとしても。

「僕のお母さんが病気で寝たきりになって追い出されて、また後妻が来てさ。つまり僕はお兄ちゃんと同じ立場になったんだ」

まるで母親の恨みでも晴らすかのように親族全員に起こる不幸を予言したとき、彼は捨てられたのだそうだ。そして彼を拾ったのは、彼に利用価値を見出した施設の人間だった。しかし彼の力は扱いが難しい……。

ではわたしの力は、彼のためにあつらえたみたいだ。

わたしはワンピース姿の彼の背にくっついて、その強がりを聞きながら、できるだけ寂しくないように心から願った。不幸な生い立ちよりも、ひとりきりで暗い部屋で過ごす日々よりも、彼が「どうか兄に嫌われていませんように」と願っているほうが、ずっと寂しい感じがした。

そして彼の背中に、

「お兄ちゃんの番号はね」

と声をかけた。けれど彼は言わないでと答えた。

「どうして？」

「番号なんかいらないんだ。僕が見つけるから……」

悪い生き物の切なさが、わたしにはわかる。わたしは口を噤《つぐ》み、番号を教えないことにした。そんなもの知らなくったって、彼はたったひとりの兄を見つけることができる。

悪い生き物が外へ出て行ったあと、わたしは、彼がもう戻らない可能性にやっと思い至った。自分が閉じこめるべき「悪い生き物」をみすみす逃がしてしまったのかもしれない。

しかし、それならそれでまあいいか、とも思う。閉塞感《へいそく》のある地下室で一生過ごすことを考えたら、なんだか地下室の暗さと同様に、気分が落ち込んでしまうからだ。いったいいつまで、悪い生き物はここにいるんだろうか。わたしたちはこれからどうなるんだろうか。

不安をよそに悪い生き物は帰ってきた。

「お兄ちゃんには会えなかった」

わたしは落胆したけれど、彼はそうでもなさそうな顔をしていた。珍しく生き生きしていたのは、久しぶりに外へ出たからだろう。

わたしたちが密会し、彼が外出するようになってから、冬が終わって、春も過ぎて、世間は夏になっていた。空調が効いた地下室には季節ごとの声は届かない。日中にどれほど暑いのかも、周囲の森でどれほどうるさく蟬《せみ》が鳴くのかも、きっと彼は知らなかった。

「三番に会ったんだ」

「三番？」

わたしは自分の頭のなかで、三番の情報を探した。

やがて、薄幸そうな少年の写真を思い出した。確かあちらの施設のなかで、もっとも年齢が低かったと思う。なんらかの手違いでやってきてしまったと書いてあった気がする。

誰ひとり引き取り手のいない可哀相な少年。生きている親族などの欄《らん》には、一様にバツの印。それは引き取り拒否を意味する。誰も当該《とうがい》人物を受け入れません——少年が外で生きていくのは辛そうな感じがした。

悪い生き物は兄を探しているけれど、施設には入れないし、なかなか難航しているらしい。しかし三番だけは妙に会うそうだ。友達ができた、と喜んでいるのが不思議だった。友達が欲しかったわけじゃないだろうに。

そうこうしているうちに、悪い生き物の兄が施設から出る日が決まったとわたしは知った。しかもそんなに日がない。

有り難いことに大人たちは施設にかかりきりで、どうやら、わたしが悪い生き物と会っていることも黙認していた。敷地から出て行かないと思って、油断しているのだと思う。

実際、そのとおりだ。

わたしはきっと一生ここで暮らすだろう。ボタンを掛け違えて生まれた子供は、外の世界では生きられない。そんなわたしでも、悪い生き物を閉じこめるという役割を担っている。わたしにも生きる権利があるのだ。

悪い生き物もきっとここを出られない。彼も外では生きづらいはずだから。

「お母さんに引き取られるんだって」

悪い生き物の兄——八番。八番は、どうやら母親に引き取られるらしい。無理やり婚家を追い出されて一方的に離縁された八番の母。生まれたばかりの八番の写真を大事にしている心優しい母親が、八番が施設に追いやられたのを知って、連絡をとってきたそうだ。

わたしが八番に会ったのは、本当に偶然だった。

施設を出るにあたり、八番が洋館のほうへやってきたのだ。その現場に居合わせた。本当に偶々《たまたま》だった。

いや、わたしは会うのを狙っていた。わたしは退所する少年少女が事務手続きで一度洋館のほうへ来るのを知っていた。

そうでなければ、こちらから八番に会いに行くところだった。施設へは一度も行ったことはないけれど、自分ならばきっと上手く彼に接触できるだろう。

わたしがその気になれば、この洋館に先生を閉じこめることができる。やってみたことはないけれど、できると思う。つまり追っ手を心配することなく施設へ行ける。八番への接触など容易い。

それを試す前に、八番に会うことができたのは奇跡だった。大人に見つからないように、すごく頑張った。お手洗いに立った八番が出てくるところを捕まえて、こっそり話しかけた。

「会ってほしいひとがいるんだ」

地下室に連れて行く時間はなかった。そうなれば、すべてが悪い方向へ傾いていく予感がしていた。

「誰?」

その問いは、会ってほしいひとが誰かというものではなく、そもそも君は誰なんだ?という問いだった。

「そんなことはどうでもいいから」

とまくしたてるうちに、大人の気配がした。

ここで上手くやらなければ、八番は出て行ってしまう。とにかく約束をとりつけなければならなかった。わたしは施設の内情には詳しかったけれど、どこにどう隙があるのかまではわからなかった。そんなわたしを見かねたらしく、八番のほうから助け船を出してくれた。

八番は自分の、古くなった「八番」をわたしにくれた。

「倉庫。消灯のあとな」

わたしは八番を見た。

慌てていたから、きちんと見えていなかったけれど、八番は悪い生き物にぜんぜん似ていなかった。だけど声がそっくりだった。低くて、柔らかい話し方も似ていた。兄弟に違いないと思った。半分しか血が繋がっていないのが、いったい何だというのだろう。そんなのは大人の事情だった。


そのあとわたしは「八番」を、悪い生き物に渡した。

これは切符だった。この切符にどんな約束事が刻まれているかは、わたしたちにしかわからない。

「今晩、会いに行っておいで。もう二度と会えないかもしれないから」

悪い生き物は神妙な顔で、札を受け取った。兄がこれを毎日つけていたと知って、不思議な気持ちになっているようだった。

悪い生き物は、戻ってこなかった。どれだけ待っても戻ってこなかった。

いつまでもここで待っていようと思ったけれど、「悪い生き物」を外に出した罪は重かったらしい。好き勝手できなくなり、特別扱いもされなくなった。閉じこめる対象を失い、わたしは閉じこめられるほうになった。しばらくしてわたしを引き取りたいという親族が現れると、呆気《あっけ》なく外に出されてしまった。

悪い生き物は、どこへ行ってしまったのだろう?

体はどんどん成長していく。わたしは嫌な思いを重ねながら、とにかくドアを閉めない生活を徹底して、なんとかいろんなことをやり過ごした。何も知らないひとに注意されるのがいちばん面倒臭い。閉めてやろうか……と意地悪なことを考えたりもする。

外にいるときだけならまだしも、家にいても気を張っていないといけない。というのは、なんだか常に見られている感覚があるのだ。

実際に、わたしは見られている。

視線にさらされている。

美しくなったと言われることが増えたせいでもあるが、知っているひとは知っている。わたしは、ひとを轢《ひ》き殺した人間の子供だと。視線は好奇だ。あれが例の……と言われている風に思える。

わたしのような人間に、平穏に暮らす権利はない。

親戚中をたらい回しにされたかと思えば、ひとつどころに置かれて軟禁されたり、いないものとして扱われたかと思えば、強烈な悪意にさらされたりする。

そんななか、庇《かば》ってくれたのは「お兄ちゃん」だ。本物の兄ではない。年齢が上だから、お兄ちゃんと呼んでいただけだ。血の繋がりは薄いけれど、まるで実の妹みたいに接してくれて、可愛《かわい》がってくれた。それは、半分だけ繋がっていた悪い生き物と八番のようで、血の繋がりなんて関係ないと信じたかったわたしにとって嬉しかった。

変な視線を感じると訴えても誰も信じてくれなかったのに、お兄ちゃんだけは信じてくれた。

お兄ちゃんの部屋へ行って眠ることもあった。そのころにはわたしは中学生になっていたけれど、お兄ちゃんは小さな子にするように、頭を撫《な》でて眠らせてくれた。

視線の正体は、わからない。

部屋のなかにいても感じるのだから、ものすごく奇妙だ。だからわたしはひとりで部屋にいるのが怖くて、ずっとお兄ちゃんの傍《そば》にいた。

外にいるときは、他人からの視線。部屋にいるときは、奇妙な視線。これでは、ちっとも気の休まる暇がない。

それに、お兄ちゃん以外からは冷遇されている。せっかくお兄ちゃんという安らぎを得て、お兄ちゃんはわたしを可愛がってくれるのに、それすらも嫌な顔をされる。

いつだったか、お兄ちゃんが叱責《しっせき》されていたのを耳にした。わたしとかかわるなと、偶々家にやってきていた親戚の爺《じじい》が注意していた。

「あんな娘とかかわったら、おまえは不幸になるぞ」

まるで予言みたいに言った。

実際、わたしの周囲は不幸に満ちている。わたしは「閉じこめる」だけではなく、他人を不幸にする力があるのだと思う。きっと両親を殺したのも、祖母を殺したのも、わたしが原因なのだ。

――生まれたときから悪い生き物だったのは、わたしのほうだった。

悪い生き物のことを思い出して、無性に会いたかった。

やがて部屋を隈《くま》なく探したわたしは、監視カメラの存在に気づいた。やはり誰かに監視されていたらしい。室内を盗撮されていたのだ。けれど、気づかないふりをした。わたしは自分でもこっそり監視カメラをつけた。

犯人はお兄ちゃんだった。

自前の監視カメラを見ると、お兄ちゃんがわたしの部屋に入って、様々な悪事を働いている様子が確認できた。おぞましかった。

けっきょくわたしは、どこにも行けないみたいだ。

生きていくのは辛い。

自室でお兄ちゃんに襲われたときも、抵抗しながらも、なかば諦《あきら》めていた。周りの人間を不幸にし、自分も不幸になっていく。現実には何の希望もなく、どれだけ抵抗したって……いや、抵抗すればするほど、むしろもっとも悪い方向へ突き進んでいく気がした。

そのとき――奇妙な音がした。部屋に置いてある、姿見の方向からだった。けれどそこには姿見しかない。いや、また何か音がする。

鏡に、奇妙な手形がついていた。どう考えても今ついたみたいな血の手形が付着していた。おぞましさよりも、好奇心が勝った。

お兄ちゃんがわたしから離れていく。

手近にあった辞書をとったのは、ただの偶然だ。咄嗟《とっさ》のことで、どうしようもなかった。やっぱりわたしは自分の人生を諦められなかった。気づけば、男が奇妙な音に気をとられている隙を衝《つ》き、何度も何度も振り下ろしていた。

血飛沫《しぶき》が飛んだ。わたしは我に返った。体は興奮し、気持ちは高揚し、頭は真っ白だった。その場にしゃがみこんだ。

うつぶせた男の体を見やる。なんだか現実ではないみたいだ。そのとき、なぜか誰かの声がした。

「大丈夫だ」

どこかで聞いた声だった。鏡のなかから、声が聞こえる。聞き覚えが……。

「大丈夫。助けてあげる。力になってあげる」

若い男の声だ。淡々としている。けれどどこか温かみがあった。

……聞いたことがある声だ。

誰?

絶対に聞いたことがある。どこで? 誰?

──ちょっといいですか。今、大丈夫ですか。

わたしの記憶のなかで、この声の持ち主はそう言っていた。

両親が、轢き殺した……。

姿見から、いつか耳にした警官の声がする。幻聴？　まさか。血の手形だってついている。彼が、鏡の向こう側に存在しているのだ。死んだ人間が、幽霊になって鏡にとりついている。

優しい声音《こわね》だった。どうやらわたしは、この「彼」をずいぶん長いあいだ、鏡のなかに閉じこめてしまっていたらしかった。

それからの日々はわりと呆気なく過ぎていった。中学、高校……。短大のときに入っていた映画サークルの作品に出演したのを契機《けいき》に、舞台へ立つようになった。

わたしの強みは、怖がらないことだ。孤独以外は怖くなく、物怖《ものお》じをしない。未知の世界にも、なんにでも飛び込んでいける。

そういうのってすごく羨《うらや》ましい、と誰かに言われたことがある。わたしもそうだねと笑うけれど、飛び込んでも怖くないのは、けっきょくのところどこに飛び込んだとしても、どこにも居場所がないからだ、と思う。

不安にならないのは、もともとわたしの居場所じゃないからだ。そこでは何も手に入れられない。それがわかっているから不安にならない。

もう、死んでもいい。

たいせつなものができたとしても、きっと大事にはできないから。


八番からコンタクトがあったのは、小さな映画祭で賞をもらったときだった。

わたしは女優として特に目立つ存在ではなかったけれど、有り難いことにちょっとしたニュースになった。だから八番は、わたしを見つけたのだろう。

そして八番から来た手紙の向こう側には、悪い生き物の気配がした。

八番と悪い生き物は、仲良く過ごしているだろうか。ふたりが一緒にいるのならば、この手紙という繋がりを辿っていけば、悪い生き物にも会えるだろう。

会いたい。

どうしてあのとき、何も言わずに消えてしまったのか訊《き》きたかった。どこへ行ってしまったのかも訊きたかった。

初めて、怖い。知るのが怖い。長い月日が経った。いまさらになって、会ってどうしようっていうんだろう。それでも、いてもたってもいられなくなった。かつて過ごした僅《わず》かな時間に培《つちか》った気持ちが膨らんで、どうしようもなかった。

もし赤い糸があるのならば手繰《たぐ》り寄せたかった。会うだけでよかった。できれば何もかもを訊きたいと思っているけれど、語られないのならばそれはそれで彼らしくていい。

とにかく、会いたかった。

八番からの手紙には、悪い生き物については何も書かれていない。けれど気配がする。いなくなってしまった彼を摑《つか》みたい。


八番との約束は、簡単に果たされた。

十二月初旬の晩のことだった。雪が降っていた。

中途半端に顔が割れているわたしはスキャンダルを恐れて、屋内を指定した。八番が今暮らしているのは新宿《しんじゅく》の雑居ビルだった。雑居ビルのすぐ傍に喫茶店があって、そこで会うことにした。ちょっとした個室風の仕切りがあるし、照明が暗いので他人にバレにくいだろうということだった。行ってみると、たしかにそのとおりだった。やがて現れた彼は、記憶にある八番よりも、悪い生き物に似ている気がした。

実際、悪い生き物だった。やっと会えた——けれど、彼は疲れきっていた。外の世界に出た彼は憔悴《しょうすい》しきり、できればもう人生を終わらせたいと願っていた。

「どうして？」

わたしは訊《たず》ねた。

「奪ったんだ」

彼は答えた。

「兄の人生を奪ったんだ」

わたしは「八番」の札をもらったあとの話を、彼から聞いた。

約束の切符を手にして倉庫へ向かい、兄弟と対面したこと。そこでけっきょく、仲直りなどできなかったこと。弟となんか思われていなかったこと。彼の語るのは悲しい顚末《てんまつ》ばかりで、嬉しい話などひとつたりともなかった。

彼はすでに半分くらい死んでいて、これから残りも殺してしまうのだと言った。わたしをあの場所へ置き去りにして、何の挨拶《あいさつ》もできなかったことが唯一の心残りだったので、わたしと会うことにしたらしい。

そう思ってくれることはとても嬉しかったけれど、他のすべては悪い。

「考え直してよ」

「僕は、外に出ちゃいけなかった」

八番を殺してしまったのだと、悪い生き物は言った。

対面した兄弟は口論になった。言い争ううちに手が出た。勢いで突き飛ばしたら、空いていた跳び箱のなかに転がり落ちてしまった。落ちたときの打ち所が悪かったらしく、出てこない。そのまま蓋《ふた》をしてしまった。ちょっとした報復のつもりだった。

しかしそのとき幼い彼は見た。

足元に落ちている札の向こうにある、恐ろしい未来を。

八番を置き去りにして、八番に成《な》り代わった。そしてそれは半ば成功していると言った。母親は生まれたばかりの我が子しか知らなかったから、母子《おやこ》関係はゼロから作っていけばよかった。

有り難くも、中学も高校も大学も出してもらえた。大企業に就職し、美人の彼女まで手に入れた。彼の人生は順風満帆《じゅんぷうまんぱん》だった。そうであればあるほど、これは八番が送るべき人生だったと罪悪感に苛《さいな》まれるらしかった。

「何度も自殺しようとした。でも、死ねなかったんだ。母が泣いて……」

彼の自殺願望に対して、泣くのは、八番の母親だ。自分の息子が殺されたことに気づかず、本物を殺した偽者の彼に「死なないで」と泣いてくれる。

死ぬよりもひどい目に遭《あ》えばいいという気持ちと、もし許されるのならば救われたいという気持ちのどちらもが、彼を支配していた。その想いは、心の底から共感できる。わたしたちは本当に生きづらいみたいだ。この世界はわたしたちには優しくない。閉塞的で、とても息苦しい。

あの暗い地下室で、永遠にふたりでいられたらよかったのに。

「僕をまた閉じこめてくれ」

そう言われて、わたしは閃《ひらめ》いた。彼から提案をされるのを待っていた気すらした。

「じゃあ、助けてあげたいひとがいるの」

わたしは頷いた。

「助けたいひと？」

「うん」

上手くいくかどうかわからないけれど、わたしは想像する。

牢獄《ろうごく》みたいな暗闇《くらやみ》の世界でいまだ彷徨《さまよ》っている何の罪もない彼と、暗闇の世界に救いを求めようとする、目の前の彼。

彼のことは、地下室で見つけた。そしてまた閉じこめてあげよう。仕方がない。

もう二度と出られない世界が鏡の向こう側に広がっているのを、わたし自身も知っている。わたしも暗い場所で眠ったことがある。

あそこには何もない。静寂《せいじゃく》と暗黒に支配されている。何もないことが、きっと悪い生き物にとっては幸せだろう。どんな色よりも深い空間が、どこよりも平和で、幸せに暮らせる天国なのだろう。

　願わくは、暗闇の果てが本物の天国へ繋がっていると、もっといいのだけれど。あのときどき過ぎる、僅かな光みたいに。


　計画を練る。悪い生き物に再会してから、ずっと考えた。

　わたしは暗闇から出てきたひとをちゃんと説得できるだろうか。

　せめて彼を解き放ちたいけれど……。彼は断るかもしれない。

　できれば、もうわたしは生き残りたくないし、生まれ変わりたくもない。悪い生き物と交代することと、わたしが死ぬことを、理解してくれるだろうか。……きっと、理解してくれるだろう。彼は終わりがあることの救いを知っているはずだから。


　十二月の中旬だった。

　わたしは自宅から電車で新宿へ向かった。混雑する電車のなかは生臭く、やっと出られたと思ったら、とても寒くなっていた。駅で降りて、雑居ビルがあるほうへ歩いていく。外は夜だった。凍りつくみたいな夜だ。空は真っ暗だった。

息を吐くたび、自分が生きているのを実感する。押されて痛かったし苦しかった。寒くて冷たい。死ぬという行為はさらに痛くて苦しいものなのかもしれない。殺されるとき、わたしは悲鳴をあげるだろうか。

どうか誰にも聞こえないでほしい。そう願う。わたしは自分の人生において、孤独という恐ろしいところにずっといて、これからやっと別のどこかへ行ける。やがてわたしの居場所に辿り着くだろう。

地獄《じごく》は、どんなところだろうか。炎が噴出して、血の池がある。穴に落ち続けて、地上を押し潰す乾いた赤い空に、ひとがたくさん浮かんでいる。黒い風が吹いている。悪い恋人たちを責めている。追い立てる女怪《にょかい》。たくさんの悪人たちが暗い淵《ふち》でいじめられている。氷の粒が降る。

ひとを殺し続けてきた人間にも行ける場所があるだなんて驚きだ。たとえぐつぐつ煮られても、氷漬けにされたとしても、ここがわたしに与えられた居場所なのだと思えば、そこは天国だ。

わたしがすべての罪と罰を引き受けたあと——だから、どれほど時間がかかってもいい。そう、暗闇の世界で悪い生き物の疲れが癒《い》えたころがいい。わたしは彼に会いたい。かなうはずがない。それに、神さまが願いをかなえてくれるのだとしても、この願いは届かなくて構わない。

どうか、わたしの願いはどこにも届きませんように。

※この作品はフィクションです。実在の人物・団体・事件などにはいっさい関係ありません。

集英社オレンジ文庫をお買い上げいただき、ありがとうございます。
ご意見・ご感想をお待ちしております。

● あて先
〒101-8050　東京都千代田区一ツ橋2-5-10
集英社オレンジ文庫編集部 気付
長谷川　夕先生

どうか、天国に届きませんように

集英社
オレンジ文庫

2018年2月25日　第1刷発行

著　者　長谷川　夕
発行者　北畠輝幸
発行所　株式会社集英社
〒101-8050東京都千代田区一ツ橋2-5-10
電話【編集部】03-3230-6352
【読者係】03-3230-6080
【販売部】03-3230-6393（書店専用）
印刷所　大日本印刷株式会社

※定価はカバーに表示してあります

ISBN 978-4-08-680177-5 C0193